História dos Treze

Ferragus

Livros do autor publicados pela **L&PM** EDITORES:

Como fazer a guerra – máximas e pensamentos de Napoleão (**L&PM** POCKET)

A COMÉDIA HUMANA:

História dos treze (Ferragus, o chefe dos devoradores; A duquesa de Langeais; A menina dos olhos de ouro)

Coleção **L&PM** POCKET:

Ascensão e queda de César Birotteau
O coronel Chabert seguido de *A mulher abandonada*
A duquesa de Langeais
Esplendores e misérias das cortesãs
Estudos de mulher
Eugénie Grandet
Ferragus
Ilusões perdidas
O lírio do vale
A menina dos olhos de ouro
A mulher de trinta anos
O pai Goriot
A pele de Onagro
A vendeta seguido de *A paz conjugal*

Leia na SÉRIE BIOGRAFIAS **L&PM** POCKET:

Balzac – François Taillandier

Honoré de Balzac

A COMÉDIA HUMANA
ESTUDOS DE COSTUMES
CENAS DA VIDA PARISIENSE

HISTÓRIA DOS TREZE

FERRAGUS

Tradução de WILLIAM LAGOS

www.lpm.com.br

L&PM POCKET

Coleção **L&PM** POCKET, vol. 490

Texto de acordo com a nova ortografia.
Título original: *Ferragus*
Primeira edição na Coleção **L&PM** POCKET: abril de 2006
Esta reimpressão: julho de 2011

Tradução: William Lagos
Capa: *Ivan Pinheiro Machado* sobre detalhe do quadro *Le Viol* (1868) de Edgar Degas. (Museu de Arte da Filladélfia.)
Revisão: Renato Deitos, Bianca Pasqualini e Larissa Roso

ISBN 978-85-254-1507-3

B198f	Balzac, Honoré de, 1799-1850.
	    Ferragus/ Honoré de Balzac; tradução de William Lagos. – Porto Alegre: L&PM, 2011.
	    208 p. ; 18 cm. – (L&PM POCKET, v. 490)
	
	    1.Literatura francesa-Romances de costumes-vida parisiense. I. Título. II.Série.

CDU 821.133.3-311.2

Catalogação elaborada por Izabel A. Merlo, CRB 10/329.

© da tradução, L&PM Editores, 2006

Todos os direitos desta edição reservados a L&PM Editores
Rua Comendador Coruja, 314, loja 9 – Floresta – 90220-180
Porto Alegre – RS – Brasil / Fone: 51.3225.5777 – Fax: 51.3221.5380

Pedidos & Depto. comercial: vendas@lpm.com.br
Fale conosco: info@lpm.com.br
www.lpm.com.br

Impresso no Brasil
Inverno de 2011

Sumário

Apresentação – A comédia humana 7
Introdução – Crimes e intrigas numa Paris assolada
    por tragédias e paixões 11
História dos Treze – Prefácio 15
Ferragus
    Capítulo I – Madame Jules 25
    Capítulo II – Ferragus 56
    Capítulo III – A mulher acusada 89
    Capítulo IV – Aonde ir para morrer? 150
    Capítulo V – Conclusão 192
Documentos 198
Cronologia 203

APRESENTAÇÃO

A comédia humana

Ivan Pinheiro Machado

A comédia humana é o título geral que dá unidade à obra máxima de Honoré de Balzac e é composta de 89 romances, novelas e histórias curtas.[1] Este enorme painel do século XIX foi ordenado pelo autor em três partes: "Estudos de costumes", "Estudos analíticos" e "Estudos filosóficos". A maior das partes, "Estudos de costumes", com 66 títulos, subdivide-se em seis séries temáticas: *Cenas da vida privada, Cenas da vida provinciana, Cenas da vida parisiense, Cenas da vida política, Cenas da vida militar* e *Cenas da vida rural*.

Trata-se de um monumental conjunto de histórias, considerado de forma unânime uma das mais importantes realizações da literatura mundial em todos os tempos. Cerca de 2,5 mil personagens se movimentam pelos vários livros de *A comédia humana*, ora como protagonistas, ora como coadjuvantes. Genial observador do seu tempo, Balzac soube como ninguém captar o "espírito" do século XIX. A França, os franceses e a Europa no período entre a Revolução Francesa e a Restauração têm nele um pintor magnífico e preciso. Friedrich Engels, numa carta a Karl Marx, disse: "Aprendi mais em Balzac sobre a sociedade francesa da primeira metade do século, inclusive nos seus

---

1. A ideia de Balzac era que *A comédia humana* tivesse 137 títulos, segundo seu *Catálogo do que conterá A comédia humana*, de 1845. Deixou de fora, de sua autoria, apenas *Les cent contes drolatiques*, vários ensaios e artigos, além de muitas peças ficcionais sob pseudônimo e esboços que não foram concluídos.

pormenores econômicos (por exemplo, a redistribuição da propriedade real e pessoal depois da Revolução), do que em todos os livros dos historiadores, economistas e estatísticos da época, todos juntos".

Clássicos absolutos da literatura mundial como *Ilusões perdidas, Eugénie Grandet, O lírio do vale, O pai Goriot, Ferragus, Beatriz, A vendeta, Um episódio do terror, A pele de onagro, Mulher de trinta anos, A fisiologia do casamento*, entre tantos outros, combinam-se com dezenas de histórias nem tão célebres, mas nem por isso menos deliciosas ou reveladoras. Tido como o inventor do romance moderno, Balzac deu tal dimensão aos seus personagens que já no século XIX mereceu do crítico literário e historiador francês Hippolyte Taine a seguinte observação: "Como William Shakespeare, Balzac é o maior repositório de documentos que possuímos sobre a natureza humana".

Balzac nasceu em Tours em 20 de maio de 1799. Com dezenove anos convenceu sua família – de modestos recursos – a sustentá-lo em Paris na tentativa de tornar-se um grande escritor. Obcecado pela ideia da glória literária e da fortuna, foi para a capital francesa em busca de periódicos e editoras que se dispusessem a publicar suas histórias – num momento em que Paris se preparava para a época de ouro do romance-folhetim, fervilhando em meio à proliferação de jornais e revistas. Consciente da necessidade do aprendizado e da sua própria falta de experiência e técnica, começou publicando sob pseudônimos exóticos, como Lord R'hoone e Horace de Saint-Aubin. Escrevia histórias de aventuras, romances policialescos, açucarados, folhetins baratos, qualquer coisa que lhe desse o sustento. Obstinado com seu futuro, evitava usar o seu verdadeiro nome para dar autoria a obras que considerava (e de fato eram) menores. Em 1829, lançou o primeiro livro a ostentar seu nome na capa – *A Bretanha em 1800* –, um romance histórico em que tentava seguir o estilo de *Sir* Walter Scott (1771-1832), o grande romancista escocês autor de romances históricos clássicos, como *Ivanhoé*. Nesse momento, Balzac sente que começou um grande projeto literário e lança-se fervorosamente na sua execução. Paralelamente à enorme produção que detona a partir de 1830, seus delírios de grandeza levam-no a bolar negócios que vão desde gráficas e revistas até minas de prata. Mas fracassa como homem de negócios. Falido e endividado, reage criando obras-primas para pagar seus credores numa destrutiva jornada de trabalho de até dezoito horas diárias. "Durmo às seis da tarde e acordo à meia-noite, às vezes passo 48 horas sem dormir...", queixava-se em cartas aos amigos. Nesse ritmo alucinante, ele produziu alguns de seus livros mais conhecidos e despontou para a fama e para a glória. Em 1833, teve a antevisão do conjunto de sua obra e passou a formar uma grande "sociedade", com famílias, cortesãs, nobres, burgueses, notários, personagens de bom ou mau-caráter, vigaristas, camponeses, homens honrados, avarentos, enfim, uma enorme galeria de tipos que se cruzariam em várias histórias diferentes sob o título geral de *A comédia humana*. Convicto da importância que representava a ideia de unidade para todos os seus romances, escreveu à sua irmã, comemorando: "Saudai-me, pois estou seriamente na iminência de tornar-me um gênio". Vale ressaltar que nesta imensa galeria de tipos, Balzac criou um espetacular conjunto de personagens femininos que – como dizem unanimemente seus biógrafos e críticos – tem uma dimensão muito maior do que o conjunto dos seus personagens masculinos.

Aos 47 anos, massacrado pelo trabalho, pela péssima alimentação e pelo tormento das dívidas que não o abandonaram pela vida inteira, ainda que com projetos e esboços para pelo menos mais vinte romances, já não escrevia mais. Consagrado e reconhecido como um grande escritor, havia construído em frenéticos dezoito anos este monumento com quase uma centena de livros. Morreu em 18 de agosto de 1850, aos 51 anos, pouco depois de ter casado com a condessa polonesa Ève Hanska, o grande amor da sua vida. O grande intelectual Paulo Rónai (1907-1992), escritor, tradutor, crítico e coordenador da publicação de *A comédia humana* no Brasil, nas décadas de 1940 e 1950, escreveu em seu ensaio biográfico "A vida de Balzac": "Acabamos por ter a impressão de haver nele um velho conhecido, quase que um membro da família – e ao mesmo tempo compreendemos cada vez menos seu talento, esta monstruosidade que o diferencia dos outros homens".[2]

A verdade é que a obra de Balzac sobreviveu ao autor, às suas idiossincrasias, vaidades, aos seus desastres financeiros e amorosos. Sua mente prodigiosa concebeu um mundo muito maior do que os seus contemporâneos alcançavam. E sua obra projetou-se no tempo como um dos momentos mais preciosos da literatura universal. Se Balzac nascesse de novo dois séculos depois, ele veria que o último parágrafo do seu prefácio para *A comédia humana*, longe de ser um exercício de vaidade, era uma profecia:

> A imensidão de um projeto que abarca a um só tempo a história e a crítica social, a análise de seus males e a discussão de seus princípios autoriza-me, creio, a dar à minha obra o título que ela tem hoje: *A comédia humana*. É ambicioso? É justo? É o que, uma vez terminada a obra, o público decidirá.

---

2. RÓNAI, Paulo. "A vida de Balzac". In: BALZAC, Honoré de. *A comédia humana*. Vol. 1. Porto Alegre: Globo, 1940. Rónai coordenou, prefaciou e executou as notas de todos os volumes publicados pela Editora Globo.

Introdução

Crimes e intrigas numa Paris assolada por tragédias e paixões

Ferragus faz parte da "trilogia" que Balzac denominou "História dos Treze". São três romances – *Ferragus*, *A duquesa de Langeais* e *A menina dos olhos de ouro* – completamente autônomos com histórias e personagens totalmente distintos. Em comum, apenas a existência de uma sociedade secreta, Os Treze Devoradores, espécie de seita composta por treze amigos, cujo objetivo é todos ajudarem-se mutuamente – e secretamente –, colocando a amizade acima de qualquer preceito moral e até mesmo da lei. Esse tipo de "sociedade", quase um ideal romântico, ocupava o imaginário do público parisiense de meados do século XIX, e as histórias envolvendo seitas secretas tinham enorme sucesso na época. Balzac, muito mais do que seguir uma moda, criou três obras-primas. No prefácio a *Ferragus*, Balzac valoriza a questão das sociedades secretas e especialmente a sociedade Os Treze Devoradores. Ferragus é o chefe da seita e um dos personagens principais do romance. A presença da sociedade é constante, quer pela participação do protagonista, quer pela terrível perseguição movida pelos confrades ao ingênuo barão de Maulincour. Em *A duquesa de Langeais*, a participação dos Devoradores é localizada e bem menos evidente do que em *Ferragus*, e subentende-se que Montriveau é um dos membros da seita. O mesmo ocorre no terceiro romance da trilogia, *A menina dos olhos de ouro*; Balzac faz o leitor acreditar que o protagonista, Henri de Marsay, tem "amigos" que o ajudam sempre e incondicionalmente. Inclusive o próprio Ferragus reaparece numa cena rápida ao final de *A menina dos olhos de ouro*.

Na verdade, Balzac, com seu gênio "marqueteiro", procurou chamar a atenção para os seus livros ao dar vazão a uma moda da época. Consta do folclore balzaquiano que ele próprio, com alguns amigos, fundou sua sociedade secreta em meados da década de 1830. Batizada como "Cheval Rouge", essa sociedade (que pouco durou e nada realizou de marcante) destinava-se a influir na imprensa e na crítica literária. *Ferragus* foi publicado em 1833 em folhetim diário pela *Revue de Paris*, atingindo um êxito impressionante, a ponto de mobilizar os milhares de leitores em torno da expectativa de cada novo capítulo. Note-se que neste livro Balzac já vislumbra a possibilidade de construir uma obra que no seu conjunto forme um enorme painel da sociedade do seu tempo. E não é por acaso que *Ferragus* inicia a série de romances e novelas classificadas por ele como *Cenas da vida parisiense*. O escritor francês Blaise Cendrars (1887-1961), em prefácio a uma edição de 1949, escreveu: "*Ferragus* é o protótipo do romance balzaquiano e, cronologicamente, o primeiro dos seus grandes livros. Desde a primeira página Balzac esboça o plano psicológico, anatômico, físico, mecânico e econômico desta Paris moderna que ocupou tanto espaço em sua obra, não cessando de crescer como um monstruoso tumor, cidade tentacular que impregna inconscientemente e suga seus habitantes, patologia esta que Balzac acompanhou e soube diagnosticar como poucos". Ao recomendar ao jovem aspirante a escritor Raymond Radiguet a leitura "urgente" de Balzac, sugeria que começasse exatamente por este livro.

Neste magnífico romance, considerado quase como um romance *noir*, um policial de trama complicada, vemos Balzac em grande estilo combinando crimes, paixões violentas, intriga e sociedades secretas. Com um suspense sempre crescente, *Ferragus* apresenta poderosos personagens da galeria balzaquiana, como madame Desmarets e seu marido, o devotado Jules, o impulsivo e apaixonado barão de Maulincour, além do próprio Ferragus, o misterioso personagem que protagoniza as inúmeras peripécias do romance. Como pano de fundo, como bem disse Blaise Cendrars, a presença impressionante da cidade de Paris quase como um ser vivo, interagindo com os personagens por meio das suas sombras, suas ruelas sinistras e enlameadas e seus fiacres soturnos que cruzam as madrugadas.

I.P.M.

Prefácio

Havia em Paris, durante a época do Império, treze homens igualmente movidos pelos mesmos sentimentos, dotados de uma grande energia que lhes possibilitava permanecerem fiéis ao mesmo pensamento, igualmente honrados entre si, de tal modo que seriam incapazes de se traírem uns aos outros, mesmo quando seus interesses se achavam em campos opostos; eram, ao mesmo tempo, habilidosos politicamente para dissimular os sagrados laços que os uniam, fortes o suficiente para enfrentar todas as leis, suficientemente ousados o necessário para empreender tudo e felizes o bastante para quase sempre alcançar sucesso em seus desígnios; haviam corrido os maiores perigos, mas calavam suas derrotas; eram inacessíveis ao medo e não haviam tremido nem diante dos príncipes, nem frente ao carrasco, nem perante a inocência; aceitavam-se inteiramente uns aos outros, tais como eram, sem dar atenção aos preconceitos sociais; sem dúvida, eram criminosos, mas certamente homens notáveis por algumas dessas qualidades que se encontram nos grandes homens, e haviam sido escolhidos entre os melhores. Enfim, para que nada faltasse à poesia sombria e misteriosa desta história, esses treze homens permaneceram desconhecidos, ainda que tenham posto em prática as ideias mais bizarras que sugerem à imaginação a fantástica pujança atribuída falsamente a Manfred, Fausto e a Melmoth;[1] e

---

[1]. Personagens de Lord Byron (1788-1824), Johann Wolfgang von Goethe (1749-1832) e Charles Robert Maturin (1782-1824) que têm em comum o fato de haverem concluído um pacto com potências demoníacas que lhes deu poderes sobre-humanos. (N.T.)

todos hoje em dia se encontram domados, ou pelo menos dispersos. Colocaram-se pacificamente sob o jugo das leis civis, do mesmo modo que Morgan,[2] o Aquiles dos piratas, transformou-se de rapinante em colono tranquilo e gozou sem o menor remorso, à luz da lareira doméstica, os milhões reunidos entre o sangue derramado, à claridade vermelha dos incêndios.

Depois da morte de Napoleão, um acontecimento que o autor não deve mencionar ainda rompeu os laços dessa vida secreta e tão curiosa como pode ser o mais negro dos romances da sra. Radcliffe.[3] A permissão bastante estranha para relatar à sua maneira algumas das aventuras pelas quais esses homens passaram, desde que respeitando algumas convenções, só lhe foi dada recentemente por um desses heróis anônimos pelos quais a sociedade inteira foi inadvertidamente subjugada e em quem ele pareceu descobrir um vago desejo de celebridade.

Esse homem, aparentemente ainda jovem, com cabelos louros e olhos azuis, cuja voz doce e clara parecia anunciar uma alma feminina, tinha um rosto pálido e maneiras misteriosas, conversava com grande amabilidade, fingia ter apenas quarenta anos e poderia pertencer às classes sociais mais elevadas. O nome que ele usava parecia ser um nome suposto; sua pessoa era desconhecida na sociedade elegante. Quem é ele? Ninguém sabe.

Talvez, ao confiar ao autor as coisas extraordinárias que revelou, o desconhecido quisesse vê-las reproduzidas de alguma forma e alegrar-se com as emoções que fariam nascer no coração das multidões um sentimento semelhante

---

2. Sir Henry Morgan (1635-1688), aventureiro inglês que durante cinco anos pilhou as colônias espanholas das Antilhas e da América Central, sendo depois nomeado governador da ilha da Jamaica, onde terminou sua vida pacificamente. (N.T.)

3. Ann Radcliffe (1764-1823): escritora inglesa, autora de romances góticos, como *As memórias de Udolfo*, no final dos quais todos os acontecimentos aparentemente sobrenaturais do enredo tinham um desfecho racional. (N.T.)

ao que animava Macpherson[4] quando o nome de Ossian, sua criatura, era pronunciado em todas as línguas. E essa era, certamente, para o advogado escocês, uma das emoções mais vivas que sentiu, uma das sensações mais raras, pelo menos, que alguém possa provocar em si mesmo. E permanecer assim anônimo não é uma obra de gênio? Escrever *O itinerário de Paris a Jerusalém*[5] é tomar parte na glória humana de um século inteiro; mas dar a seu próprio país um novo Homero não é o mesmo que usurpar um atributo divino?

O autor conhece demasiadamente bem as leis da narrativa para ignorar os compromissos que este curto prefácio o leva a assumir; mas ele também conhece o bastante da *História dos Treze* para ter certeza de jamais se encontrar abaixo do interesse que deve inspirar este programa. Dramas com sabor de sangue, comédias cheias de terror, romances em que rolam cabeças secretamente cortadas, tudo isso lhe foi confiado. Se algum leitor não estivesse saciado dos horrores friamente servidos ao público nos últimos tempos, o autor poderia lhe revelar calmas atrocidades, tragédias familiares surpreendentes, bastando que o desejo de conhecê-las lhe fosse manifestado. Mas ele escolheu de preferência as aventuras mais suaves, aquelas em que cenas puras se sucedem à tempestade das paixões e nas quais a mulher irradia virtudes e beleza. Para a honra dos Treze, episódios desse tipo também se encontram em sua história, que talvez um dia tenha a honra de ser considerada no mesmo pé das aventuras de piratas, essa gente à parte, tão curiosamente enérgica, tão atraente apesar de seus crimes.

---

4. James Macpherson (1736-1796), literato escocês, cuja celebridade se deve à publicação dos *Poemas de Ossian*, que ele fingiu haver traduzido dos escritos de um antigo bardo celta. Ossian, por sua vez, é uma figura histórica, filho de Fingal, rei dos Morven, uma tribo irlandesa. Liderou uma confederação contra as invasões romanas de Sétimo Severo e de Caracala, conseguindo manter a independência da ilha. (N.T.)

5. Obra do célebre escritor francês François-René Chateaubriand, publicada em 1811.

Um escritor deve evitar converter seus relatos, quando eles descrevem fatos verdadeiros, em uma espécie de caixa de surpresas ou fazer os leitores passearem, à maneira de alguns romancistas, durante quatro volumes, de subterrâneo em subterrâneo, até mostrar a eles um cadáver ressequido e dizer, à guisa de conclusão, que esteve a lhes provocar constantemente o medo de uma porta oculta por detrás de alguma tapeçaria ou de um morto abandonado por descuido sob as tábuas do assoalho. Apesar de sua aversão aos prefácios, o autor achou conveniente introduzir estas palavras no início deste fragmento. *Ferragus* é um primeiro episódio que se prende por laços invisíveis à *História dos Treze*, cuja energia naturalmente adquirida é a única coisa que pode explicar alguns de seus aspectos aparentemente sobrenaturais. Ainda que seja permitido aos narradores ostentar uma espécie de vaidade literária, ao se tornarem historiadores eles devem renunciar aos benefícios que produz a aparente estranheza dos títulos sobre os quais se fundamentam hoje os breves sucessos. Desse modo, o autor explicará aqui, sucintamente, as razões que o obrigaram a aceitar títulos aparentemente pouco naturais.

FERRAGUS é, segundo um velho costume, um nome adotado por um dos chefes dos Devoradores. No dia de sua eleição, esses chefes decidem continuar aquela, dentre as dinastias devoradorescas, cujo nome mais lhe agrada, do mesmo modo que fazem os papas no início de seus reinados, com relação às dinastias pontifícias. Assim, os Devoradores têm Trempe-la-Soupe IX [Tempera-Sopa], Ferragus XXII, Tutanus XIII ou Masche-Fer IV [Masca-Ferro], do mesmo modo que a Igreja tem os seus Clemente XIV, Gregório IX, Júlio II, Alexandre VI etc. Tudo bem, mas o que são os Devoradores? *Dévorants* ou Devoradores é o nome de uma das tribos de Companheiros ou *Compagnons* que surgiram da grande associação mística formada entre os operários da Cristandade com o objetivo de reconstruir o templo de Jerusalém. A "Companhia", ou a *Compagnonnage*, ainda floresce entre o povo da França. Suas tradições, ainda poderosas em cérebros pouco esclarecidos de pessoas que não têm instrução suficiente para quebrar seus juramentos, poderiam servir para poderosas empresas, se algum gênio conseguisse assumir o controle destas diversas sociedades. De fato, todos os seus instrumentos são quase cegos; nelas, de cidade em cidade, existe para os Companheiros, desde tempos imemoriais, uma *Obade*, uma espécie de hospedaria mantida por uma Mãe, uma velha meio boêmia, que não tem nada a perder e que sabe de tudo o que se passa na região, devotada, seja por medo, seja em consequência de um longo hábito, à tribo que ela aloja e alimenta. Enfim, esta gente muda, mas permanece submetida a costumes imutáveis e pode ter olhos em todos os lugares e executar por toda parte uma ordem sem discutir, porque o mais velho dos Companheiros ainda se encontra em uma idade em que se pode acreditar em alguma coisa. Aliás, o corpo inteiro professa doutrinas muito verdadeiras, bastante misteriosas, que permitem eletrizar patrioticamente todos os adeptos, desde que elas sejam minimamente desenvolvidas. Isso porque a fidelidade dos Companheiros às suas leis é tão apaixonada que as diversas tribos travam entre si combates sangrentos só para defender algumas questões de princípios. Felizmente, para a ordem pública atual, quando um Devorador é ambicioso, constrói mansões, faz fortuna e abandona a Companhia. Haveria muitas coisas curiosas a revelar sobre os Companheiros do Dever, os rivais dos Devoradores, e sobre todas as diferentes seitas de operários, sobre seus costumes e suas fraternidades, sobre os relacionamentos que existem entre eles e a Maçonaria; mas os detalhes ficariam deslocados se fossem incluídos aqui. O autor somente ajuntará que, sob a antiga monarquia, não era incomum encontrar-se um Trempe-la-Soupe a serviço do Rei, contratado por 101 anos para remar em suas galés; mas de lá dominando sempre sua tribo e consultado religiosamente por ela; e depois, se ele conseguisse fugir de sua tripulação de remadores, teria plena certeza de encontrar ajuda, socorro e respeito em todos os lugares. Ver seu chefe preso nas galés não significa para sua fiel tribo nada mais que um desses infortúnios pelos quais a Providência é responsável, mas que não dispensa os Devoradores de obedecer ao poder criado por eles para governar sobre eles. É um exílio momentâneo de seu rei legítimo, mas que nem por isso deixa de ser seu rei. Eis aqui portanto, completamente dissipado, o prestígio romanesco anexado ao nome de Ferragus e ao dos Devoradores.

Quanto aos Treze, o autor sente-se ainda fortemente apoiado sobre os detalhes desta história quase romântica para abdicar ainda de um dos mais belos privilégios do romancista de que tem notícia e que, no Châtelet[6] da literatura, poderia ser adjudicado a alto preço e impor ao público tantos volumes quantos lhe deu a Contemporânea[7]. Todos os Treze eram homens provados pela vida, tal como foi Trelawny, o amigo de Lord Byron que, segundo dizem, foi o original de *O corsário*; todos fatalistas, gente de coragem e de poesia, mas aborrecidos pela vida corriqueira que levavam, conduzidos a gozos asiáticos por forças que, tanto mais excessivas por se acharem adormecidas por longo tempo, se revelavam ainda mais furiosas. Certo dia, um deles, depois de haver relido *A Veneza salva*[8], depois

---

6. A Place du Châtelet era o lugar de Paris em que, na época, realizavam-se os leilões públicos. (N.T.)

7. Elselina Vanayl de Yongh, chamada Ida de Saint-Elme, atriz e escritora cuja celebridade se deve à publicação de *Memórias de uma contemporânea*, em 1827, redigida a partir de suas anotações por Armand Malitourne (1797-1866), historiador e amigo de Balzac. Aproveitando o sucesso do livro e sob o pseudônimo de *A Contemporânea*, ela publicou uma série de relatos escandalosos que obteve grande sucesso. (N.T.)

8. Tragédia do dramaturgo inglês Thomas Otway (1652-1685). Nesse drama, a cumplicidade que une os dois heróis é exemplar. Em *Ilusões perdidas*, Vautrin pergunta a Rubempré se ele "compreendeu esta amizade profunda que liga Pierre e Jaffier" e, em *O pai Goriot*, ele se gaba a Rastignac por saber de cor *A Veneza salva*. (N.T.)

de haver admirado a união sublime de Pierre e de Jaffier, começou a sonhar com as virtudes características daquelas pessoas que eram alijadas para fora da ordem social, com a probidade dos condenados, com a fidelidade dos ladrões entre si, com os privilégios de poder exorbitante que esses homens sabem conquistar ao confundir todas as ideias em uma só vontade. Aqui ele encontrou um homem maior que os homens. Ele presumiu que toda a sociedade deveria pertencer àquelas pessoas que, devido a seu espírito natural, em razão de seus conhecimentos adquiridos e em virtude de sua fortuna, se poderiam unir em um fanatismo tão cálido que fundiria em um único jato todas essas forças diferentes. A partir desse momento, imenso em ação e intensidade, sua pujança oculta, contra a qual a ordem social não teria defesas, venceria todos os obstáculos, reuniria todas as vontades em uma só e daria a cada um deles o poder diabólico de todos. Esta sociedade à parte dentro da sociedade e hostil à sociedade, não admitindo quaisquer das ideias da sociedade, não reconhecendo quaisquer de suas leis, submetendo-se tão somente à consciência de suas próprias necessidades, obedecendo apenas a seu devotamento, agiria inteiramente em favor de um único de seus associados quando qualquer deles reclamasse a assistência de todos; esta vida opulenta de flibusteiros de luvas amarelas e esta união íntima de gente superior, fria e escarninha, sorridente e reprobatória no meio de uma sociedade falsa e mesquinha; a certeza de que tudo poderia ser dobrado por força de um capricho, que uma vingança poderia ser urdida com habilidade, que seria possível viver com treze corações; e depois, a felicidade contínua de gozar de um segredo de ódio diante dos homens, de estar sempre armado contra eles e de poder retirar-se para dentro de si mesmo com uma ideia superior àquela que experimentavam as pessoas mais notáveis; esta religião de prazer e de egoísmo fanatizou treze homens, que reiniciaram a Sociedade de

Jesus em benefício do diabo. Somente isso já foi horrível e sublime. Depois, o pacto foi firmado; e a seguir, ele durou, precisamente porque parecia ser impossível. Houve então em Paris treze irmãos que se pertenciam mutuamente e que fingiam desconhecer-se quando em sociedade; mas que se reencontravam e se reuniam todas as noites como conspiradores, não escondendo sequer um pensamento dos outros e usando conjuntamente uma fortuna semelhante à do Velho da Montanha[9]; tendo os pés em todos os salões, as mãos em todos os cofres-fortes, os cotovelos na rua, as cabeças sobre todas as orelhas e sem o menor escrúpulo, sacrificando tudo no altar de sua fantasia. Nenhum chefe os comandava, ninguém podia arrogar-se tal poder; somente a paixão mais viva e a circunstância mais exigente passavam para o primeiro plano. Foram treze reis desconhecidos, mas realmente reis e, mais do que reis, juízes e carrascos que, depois de abrirem suas próprias sendas a fim de percorrerem a sociedade de alto a baixo, desdenharam de assumir qualquer posição de mando dentro dela, porque dentro dela podiam tudo. Se o autor ficar conhecendo as causas de sua abdicação, ele as contará.

Mas agora já lhe é permitido começar a narrativa de três episódios que, nesta história, seduziram-no mais que todos, pelo sabor parisiense de seus detalhes e pela magnífica estranheza de seus contrastes.

Paris, 1831

---

[9]. Apelido atribuído a Hassan Ben-Sabbah, que fundou no século XI a seita herética dos Assassinos (do árabe hashishi, comedores de haxixe), estendendo seu poder sobre parte da Pérsia e da Síria. (N.T.)

FERRAGUS

A Hector Berlioz[1]

---

[1]. O famoso compositor Hector Berlioz (1803-1869) era amigo de Balzac. Na época tinha trinta anos. Dizia-se que ambos pretendiam transformar *Ferragus* em um libreto de ópera, mas o projeto não foi adiante porque Berlioz iniciou *Les Troyens*, talvez a mais longa das óperas já escrita. (N.T.)

Capítulo primeiro

Madame Jules

Existem em Paris algumas ruas de tão má reputação quanto a que pode ser atribuída a um homem que cometeu alguma infâmia; existem também ruas nobres, ao lado de ruas simplesmente decentes; um pouco mais além, estendem-se ruas jovens, sobre cuja moralidade o público ainda não teve tempo de se decidir; e há ruas assassinas; ruas mais antigas que as mais velhas das viúvas ricas; ruas simpáticas, ruas sempre limpas, ruas sempre sujas, ruas operárias, trabalhadoras, comerciais. Em uma palavra, as ruas de Paris têm qualidades humanas, e seu aspecto geral nos impõe certas ideias contra as quais nos sentimos indefesos. Existem ruas que se parecem com más companhias, onde você não ia querer morar, e outras ruas para as quais você se mudaria com a maior boa vontade. Há algumas ruas, como a Rue Montmartre, com uma bela cabeça, mas que terminam em um rabo de peixe.[2] A Rue de la Paix é larga e comprida, mas não desperta nenhum dos pensamentos nobres e elegantes que podem tomar de surpresa uma alma sensível que estiver caminhando pela Rue Royal, ao mesmo tempo em que certamente lhe falta a majestade que se encontra na Place Vendôme. Se você decidir passear pelas ruas da Île de Saint-Louis, não se espante ao ser tomado

---

2. No alto da colina de Montmartre ergue-se a Igreja Sacré-Coeur (a bela cabeça), mas a parte inferior do declive era ocupada na época por prostíbulos e bares de má fama (o rabo de peixe), particularmente o Chat-Noir, de que diziam que não dormia sem ter provocado um assassinato ou um suicídio. Foi na segunda metade do século XIX que Montmartre se tornou o centro da boemia parisiense, onde se reuniam escritores e artistas. (N.T.)

por uma tristeza angustiante, que é provocada pela solidão, pelo aspecto melancólico das casas e pela visão das grandes mansões desertas. É quase como se essa ilha fosse o cadáver coletivo dos antigos coletores de impostos do rei, uma espécie de Veneza parisiense. A Place de la Bourse é ruidosa, ativa, prostituída a todos os visitantes; só é bela à luz do luar, às duas horas da madrugada; durante o dia, é uma síntese da Paris buliçosa; durante a noite, torna-se um devaneio sobre a Grécia Antiga. A Rue Traversière-Saint-Honoré pode ser perfeitamente chamada de uma rua de má reputação. É composta por fileiras de casinhas feiosas e estreitas, mas com duas entradas, nas quais, de andar em andar, encontram-se todos os vícios, todos os crimes, todas as degradações da miséria. Aquelas ruas estreitas expostas ao vento norte, em que o sol somente se atreve a espiar três ou quatro vezes por ano, são verdadeiras ruas assassinas, em que se mata impunemente. Hoje em dia, os policiais sequer aparecem por lá; mas antigamente, o Parlamento teria mandado convocar o chefe de polícia para censurá-lo por permitir que acontecesse lá *aquele tipo de coisas*. Provavelmente, teria emitido um mandado de prisão contra a rua inteira, como fez há pouco tempo para confiscar as perucas dos eclesiásticos da igreja de Beauvais. Enquanto isso, *monsieur* Benoiston de Châteauneuf[3] demonstrou que a mortalidade nessas ruas era pelo menos o dobro da que ocorria nas outras. Vamos finalizar esta introdução citando o exemplo da Rue Fromenteau, uma rua ao mesmo tempo mortífera e imoral. Estas observações, incompreensíveis para quem não more ou conheça bem Paris, serão sem dúvida aprovadas pelos homens que se dedicam ao estudo e ao pensamento, à poesia e ao prazer intelectual e que sabem recolher, enquanto passeiam por Paris, os prazeres contínuos que flutuam a cada momento ao longo de

---

3. Louis-François Benoiston de Châteauneuf (1776-1856), economista e estatístico. (N.T.)

suas muralhas; serão compreendidas por aqueles para quem Paris é o mais delicioso dos monstros: aqui se veem as belas mulheres; logo ali, os velhos e os pobres; em um ponto, tudo é novo e reluzente, como as moedas cunhadas no início de um reino; mais adiante, elegante como as mulheres que se vestem no rigor da moda. Realmente, um monstro completo!... Os sótãos cheios de águas-furtadas são uma espécie de cabeças, cheias de ciência e de engenhosidade; seus primeiros andares, estômagos felizes; suas lojinhas, verdadeiros pés: é delas que saem todos os transeuntes, toda essa gente tão ocupada e cheia de compromissos... E como a vida do monstro é ativa! Mal o ruído da passagem das últimas carruagens que chegam dos bailes cessa em seu coração, já seus braços se espreguiçam em Barrières[4] e ele começa lentamente a se mexer. Todas as portas bocejam, giram em suas dobradiças, como as pinças de uma grande lagosta, invisivelmente empurradas por trinta mil homens ou mulheres, cada um dos quais é forçado a viver em menos de dois metros quadrados, mas que tem uma cozinha, uma oficina, uma cama, filhos, talvez um jardim, onde a claridade quase não chega, mas é tudo que pode ver. Quase sem que se perceba, as articulações começam a estalar, o movimento se transmite ao corpo todo e a rua fala. Ao meio-dia, tudo já está vivo, as chaminés fumegam, o monstro come; depois, começa a rugir e a sacudir suas mil patas. Que lindo espetáculo!... E mesmo assim, ah, Paris! Quem não conseguiu admirar tuas paisagens sombrias, os curtos instantes em que brilha a luz, teus becos infindáveis e silenciosos, quem não pôde escutar teus sussurros entre a meia-noite e as duas da manhã ainda não teve a menor oportunidade de conhecer sequer um pouco

---

4. As Barreiras ou as Barricadas, local onde chegavam do campo as carroças com leite, hortaliças, carnes e outros produtos para as mercearias e mercados públicos. As barricas de peixes, vinho etc. (*barils, barillets*) eram utilizadas para fechar as ruas enquanto os carroções descarregavam, daí o nome. (N.T.)

de tua verdadeira poesia, nem contemplar teus contrastes, tão grandes e tão estranhos!... Todavia, sempre se encontra um certo número de conhecedores, pessoas que não caminham imersas em seus próprios pensamentos, mas que sabem como se deliciar com Paris, que conhecem tão bem sua fisionomia que percebem nela até mesmo uma verruga, um sinal de nascença, o menor rubor. Para os outros, Paris é sempre uma maravilha monstruosa, um espantoso conjunto de acontecimentos, de máquinas e de ideias, a cidade em que transcorrem cem mil romances, a verdadeira cabeça do mundo. Só que para estes, Paris é triste ou bela, feia ou linda, viva ou morta; para eles, Paris é uma criatura completa: cada ser humano, cada detalhe de um prédio são apenas um fragmento do tecido celular dessa grande cortesã, de quem conhecem perfeitamente a cabeça, o coração e os fantásticos costumes. Todos eles também são amantes de Paris: ao chegarem a uma determinada esquina, levantam o nariz em direção ao mostrador de um relógio que sabem muito bem encontrar-se lá; são perfeitamente capazes de dizer a um amigo que ficou sem cigarros: "Olhe, siga por aquela passagem, à esquerda há uma tabacaria, fica bem ao lado daquela confeitaria cujo proprietário arranjou uma linda mulher...". E, no entanto, viajar através de Paris é um luxo muito caro para esses poetas... Como podem evitar perder alguns minutos para assistir aos pequenos dramas, aos desastres, às fisionomias, aos pequenos acidentes que nos assaltam a todo momento quando atravessamos esta movimentada rainha das cidades, vestida somente de cartazes e que não dispõe de um único canto para si mesma, por aceitar com tanta complacência todos os vícios da nação francesa!... Quem foi que não passou pela experiência surpreendente de sair de casa pela manhã, com a intenção de caminhar até uma das extremidades de Paris e não conseguir sair do centro até a hora do jantar? Ah, são esses que saberão melhor desculpar este prólogo errante que, ainda assim, pode ser considerado como uma única observação profundamente útil e nova, tanto quanto uma observação consegue ser nova em Paris, onde nunca acontece nada de novo, nem mesmo a estátua inaugurada ontem, sobre cujo pedestal um rapazinho atrevido já grafitou seu nome... Pois muito bem, existem aqui certas ruas, ou o final de algumas ruas, existem aquelas casas que a maior parte das pessoas da alta sociedade desconhece, esses prédios em que a maioria das mulheres que pertencem às classes superiores não poderia entrar sem que pensassem e dissessem delas as coisas mais cruelmente injuriosas. Não importa que essa mulher seja rica, tanto faz que ela possua uma carruagem, não faz diferença que ande a pé ou disfarçada ao percorrer qualquer um dos desfiladeiros deste labirinto parisiense, ao ingressar aí, ela compromete irremediavelmente sua reputação de mulher honesta. E se, por acaso, ela chega a tais lugares depois das nove horas da noite, então as conjecturas que um observador talvez crie em sua cabeça podem originar as consequências mais assustadoras. E depois, se essa mulher é jovem e bonita, se ela entra em alguma casa de qualquer dessas ruas, se a referida casa tem um corredor longo, úmido e fedorento; se somente ao final do corredor bruxuleia a luz pálida de uma lâmpada a óleo; mais ainda, se sob essa iluminação insuficiente se divisa o rosto horrível de uma velha de dedos descarnados, não resta mais dúvida – e só afirmamos isto porque nosso desejo sincero é proteger as mulheres jovens e belas –, essa pobre criatura está perdida. Está nas mãos do primeiro homem que a conheça e que a encontre casualmente nestes pântanos parisienses. E existe ainda uma determinada rua em Paris na qual esse encontro pode tornar-se o drama mais assustadoramente terrível, um drama de amor e de sangue, uma tragédia bem ao gosto da escola moderna... Infelizmente, essa condenação, essa dramaticidade, somente será compreendida por poucas pessoas, do mesmo modo que essas peças do teatro contemporâneo; e é realmente uma grande pena contar uma história a um público que só a compreende pela metade, que é incapaz de alcançar todas as suas consequências. Mas quem é essa pessoa que pode afirmar com plena convicção que sempre foi entendida por todos? Todos nós acabamos por morrer desconhecidos. Esse é o destino de todas as mulheres e também o de todos os escritores.

Às oito e meia de uma certa noite, na Rue Pagevin, naquele tempo em que não existia uma só parede dessa Rue Pagevin em que não estivesse escrita alguma obscenidade, indo na direção da Rue Soly, a rua mais estreita e mais difícil de atravessar que existe em Paris, sem excetuar a esquina menos frequentada das ruas mais desertas; no começo do mês de fevereiro, mais ou menos uns treze anos atrás,[5] aconteceu que um rapaz, por um desses acasos que acontecem apenas uma vez na vida, dobrou a pé a esquina da Pagevin com a intenção de entrar na Rue des Vieux-Augustins, virando por engano para o lado direito, precisamente onde fica a Rue Soly. Foi nesse instante que esse rapaz, domiciliado na Rue de Bourbon, percebeu de repente uma mulher alguns passos à sua frente, que ele viera seguindo distraidamente e sem a menor intenção, notando que ela apresentava uma vaga semelhança com aquela que ele considerava a mais bela mulher de Paris, uma criatura de comportamento tão irrepreensível quanto seu corpo era sedutor, pela qual se encontrava secretamente apaixonado, embora sem a menor esperança, porque sabia que era casada. Nesse momento, seu coração deu um salto no peito, um calor insuportável subiu desde seu diafragma e percorreu todas as suas veias, enquanto sentia um calafrio descendo pela espinha e as veias de sua testa começavam a latejar. O infeliz amava, era jovem, conhecia muito bem Paris; esse mesmo conhecimento não lhe permitia ignorar

---

5. Em 1820. (N.T.)

quanta infâmia poderia recair sobre uma mulher elegante, rica, jovem e bela, caminhando sozinha logo por ali, ainda mais com um andar tão furtivo como o de uma criminosa. Mas logo *ela*, naquela zona imunda e a essa hora da noite!... O amor que o jovem sentia por aquela mulher poderia parecer extremamente romântico, especialmente em se tratando de um oficial da Guarda Real. Se ainda fosse um oficial da Infantaria, seu comportamento talvez pudesse ser explicado; mas era um oficial superior da Cavalaria, justamente a arma do exército francês cujos oficiais eram afamados pela rapidez com que faziam suas conquistas, que se orgulhavam tanto de seus casos amorosos como de sua própria farda!... Todavia, a paixão daquele oficial era sincera e seria compreendida como um grande amor por muitos jovens de coração mais sensível. Ele amava aquela mulher justamente porque era virtuosa, ele adorava sua virtude, sua decência graciosa, sua visível santidade; eram esses justamente os tesouros mais apreciados por sua paixão nunca declarada. Essa mulher lhe parecia realmente digna de inspirar um desses amores platônicos, que surgem como flores brotadas de ruínas sanguinolentas através da história violenta da Idade Média; digna de ser secretamente a inspiradora de todas as ações heroicas de um jovem oficial; um amor tão elevado e tão puro quanto o céu de um azul imaculado; um amor sem esperança, mas que nos prende firmemente, porque é o amor que não nos pode enganar, nem iludir; um amor cheio de gozos reprimidos, sobretudo nessa idade em que o coração é mais cheio de ardor, a imaginação mais aguçada e os olhos de um homem percebem o mundo à sua volta da forma mais clara. É comum encontrar em Paris os efeitos noturnos mais singulares, estranhos e inconcebíveis. Somente os homens que se contentam em observá-las de longe sabem como as mulheres se tornam fascinantes por entre as brumas do nevoeiro. Em um momento, aquela criatura que está sendo seguida de longe, por acaso ou deliberadamente, parece esbelta e delicada ao extremo; no instante seguinte, se ela estiver usando meias brancas, surge a impressão de que suas pernas são finas e elegantes; depois as costas, mesmo quando envolvidas por um xale ou um casaco de pele, revelam-se jovens e voluptuosas de permeio às sombras; mais adiante, a claridade incerta que brota das vitrinas de uma lojinha ou desce de um lampião sobre a calçada revestem a desconhecida de um brilho fugidio e quase sempre enganador, mas que desperta a imaginação em um relance e logo a incendeia e projeta para além de qualquer possibilidade real e verdadeira. É então que todos os sentidos se alvoroçam, tudo assume uma coloração mais viva, animada pelo entusiasmo incontrolável; a mulher assume um aspecto totalmente novo; seu corpo parece transbordar de beleza; por alguns instantes deixa de ser uma mulher, é mais um feitiço irresistível, um fogo-fátuo que nos arrasta por um ardente magnetismo até uma residência perfeitamente respeitável, em que a pobre senhora, com medo da ameaça representada por nossos passos, pelo som ressonante de nossas botas contra o pavimento, se atira casa adentro e nos bate com a porta no nariz, sem ao menos nos relancear um olhar... Foi nesse momento que o clarão vacilante projetado pela janelinha de um sapateiro a iluminou de súbito, precisamente da cintura aos quadris, revelando com exatidão as formas da mulher que caminhava à frente do jovem. Mas não podia haver dúvida! Somente *ela* tinha um corpo assim tão bem torneado! Somente ela dispunha do segredo desse andar recatado que inocentemente salienta ainda mais a beleza de um talhe tão atraente. Era ela, sem sombra de dúvida: aquele era o xale que usava pela manhã, aquele era o chapéu de veludo que o oficial contemplava todas as manhãs quando a vigiava em segredo inocente. Suas meias de seda cinzenta não mostravam a menor mancha, seus sapatos não apresentavam qualquer salpico da lama das ruas. O xale estava bem-apertado contra o busto, desenhava vagamente seus deliciosos contornos e o rapaz conhecia muito bem seus ombros claros, por tê-los contemplado mais de uma vez nos bailes; conhecia muito bem todos os tesouros que o xale encobria. Um homem perspicaz, ao ver a maneira com que uma parisiense se envolve em seu xale, pelo jeito peculiar com que levanta e baixa os pés antes de pisar novamente na calçada, é perfeitamente capaz de adivinhar o segredo de seu misterioso destino. Existe alguma coisa imponderável, adivinha-se um tremor palpitante, uma leveza indefinível tanto nela como em seu andar: a mulher parece pesar menos, ela avança de uma forma deslizante, melhor ainda, é como se flutuasse tal uma estrela, é como se voasse com as asas do pensamento e fosse traída pelas dobras e oscilações de sua roupa drapejante. O rapaz apressou o andar, ultrapassou a mulher e virou depressa o rosto para ver suas feições... Ora!... Ela desaparecera em um corredor, cuja porta, dotada de um postigo para ver quem estava na rua, ainda estalava contra o batente e cuja campainha ainda retinia. O jovem retornou, segurou a folha antes que se fechasse totalmente e viu a mulher subindo por uma escada no final do corredor, enquanto recebia as obsequiosas saudações de uma velha, naturalmente, a porteira, uma escada retorcida cujos primeiros degraus estavam perfeitamente iluminados. E a senhora subia rapidamente, agilmente, como se estivesse cheia de impaciência.

– Impaciente por quê? – indagou-se o jovem mentalmente, enquanto recuava para encostar as costas à parede do lado oposto da rua. E ficou perscrutando, o pobre coitado, todos os andares do prédio, com a atenção de um agente de polícia encarregado de vigiar um suspeito.

Era uma dessas casas que existem aos milhares em Paris, uma casa encardida pelo tempo, de aspecto vulgar, estreita, ainda com os vestígios desbotados de uma pintura amarelada, com quatro andares, cada um com três janelas.

A lojinha do térreo e os cômodos do porão pertenciam ao sapateiro. As venezianas do primeiro andar estavam fechadas. Aonde iria a senhora? O rapaz teve a impressão de escutar o tilintar de uma campainha no apartamento do segundo andar. De fato, uma luz moveu-se em uma peça cujas duas janelas estavam perfeitamente iluminadas, mesmo através das persianas, iluminando subitamente a terceira abertura, cuja obscuridade sugeria uma pequena peça, sem dúvida a sala de visitas ou de refeições do minúsculo apartamento. Mal a silhueta de um chapéu feminino desenhou-se vagamente contra as vidraças, a porta fechou-se, a janela da peça de entrada escureceu novamente e depois as duas seguintes retomaram sua luminosidade avermelhada. Nesse momento, o rapaz escutou um grito:

– Cuidado, pateta!

No instante seguinte, sentiu uma batida no ombro.

– Você é cego ou não olha em volta? – resmungou uma voz grosseira.

Era a voz de um operário que carregava em um dos ombros uma longa prancha. O operário seguiu em frente, sem dar mais atenção a ele. E esse operário pareceu um enviado da providência divina, que recebera a missão de advertir o curioso:

– Mas em que você veio se meter? Cuide de seu serviço, como sempre fez, trate de suas obrigações militares e deixe esses parisienses se divertirem com seus insignificantes casos amorosos...

O jovem cruzou os braços; depois, sabendo que ninguém podia vê-lo, deixou que lágrimas de raiva e de humilhação escorressem pelas faces, sem fazer o menor esforço para enxugá-las. Como a simples visão daquelas sombras que se moviam diante das duas janelas iluminadas lhe fazia mal, correu os olhos casualmente pela parte superior da Rue des Vieux-Augustins e, bem adiante, divisou um fiacre estacionado junto a uma parede em que não se via nem porta de casa, nem o reflexo da vitrina de qualquer loja.

Era ela? Não era ela? Era uma questão de vida ou morte para um jovem apaixonado. E o apaixonado ficou esperando. Permaneceu ali durante um século que durou vinte minutos. A seguir, a mulher desceu a escada, saiu para a rua e ele pôde reconhecer perfeitamente o rosto daquela a quem amava em segredo. O pior é que queria permanecer em dúvida. A desconhecida dirigiu-se até o fiacre e entrou na parte de trás.

– Esta maldita casa não vai sair daí. Posso voltar para investigar melhor – murmurou o jovem entredentes, enquanto corria atrás do veículo a fim de dissipar suas últimas dúvidas, as quais, para sua grande contrariedade, logo desapareceram por completo.

O fiacre parou na Rue de Richelieu, diante da entrada de uma floricultura, perto da Rue de Ménars. A senhora desceu, entrou na loja, mandou a balconista entregar o dinheiro devido ao cocheiro e saiu a pé, após ter comprado algumas plumas de marabu[6]. Marabu para seus cabelos negros!... Sendo morena, encostara as plumas em sua cabeça para examinar o efeito. O oficial imaginava poder adivinhar a conversa entre a cliente e as floristas.

– Madame, não existe coisa que sente melhor para as morenas. As pessoas de cabelos negros costumam ter os traços do rosto muito bem-delineados, e as plumas de marabu acrescentam a sua roupa um toque de delicadeza que chama a atenção pelo contraste. A senhora duquesa de Langeais[7] costuma dizer que essas plumas dão à mulher uma certa imprecisão, um aspecto "ossiânico", como ela diz, justamente o toque perfeito para seu encanto.

– Tudo bem. Mande levar na minha casa em seguida.

---

6. Ave de grande porte e penas negras, que habita as regiões quentes da Índia, da Arábia e da África. (N.T.)

7. Duquesa Antoinette de Langeais, personagem fictício, que Balzac fez viver entre 1791 e 1825, morrendo em uma expedição durante a História dos Treze. Quanto ao adjetivo "ossiânico", ver nota 4 da p. 17. (N.T.)

A seguir, a senhora caminhou rapidamente para a Rue de Ménars e entrou em sua casa. Quando a porta da mansão em que ela morava se fechou, o jovem apaixonado, perdidas todas as suas esperanças, duplamente infeliz porque perdera com elas as suas ilusões mais queridas, saiu a caminhar pelas ruas de Paris como se estivesse embriagado, chegando eventualmente à própria casa, sem saber como percorrera todo o caminho. Atirou-se em uma poltrona, colocou os pés sobre a guarda da lareira e, com a cabeça entre as mãos, deixou que suas botas secassem até chamuscar a sola. Estava passando por um momento terrível, um desses momentos em que, ao longo da vida humana, o caráter se modifica e após o qual a conduta dos melhores homens irá depender do resultado feliz ou infeliz do primeiro ato que praticarem. Providência ou Fatalidade, dependendo do ponto de vista.

O rapaz pertencia a uma boa família, embora não tivesse ingressado na aristocracia há muito tempo. Todavia, restam tão poucas famílias antigas na nobreza de hoje que todos os jovens aristocratas são aceitos como pertencentes à antiga nobreza sem a menor contestação. Seu avô tinha comprado um cargo de conselheiro no Parlamento de Paris e depois, por mérito, tornara-se presidente do Conselho. Seus filhos haviam herdado belas fortunas, ingressaram no funcionalismo público e, depois de forjarem boas alianças, foram recebidos na Corte. A Revolução expulsou a família da França: só permaneceu uma viúva velha e teimosa, que não quis emigrar, que chegou a ser lançada na prisão, condenada à pena de morte, mas salva pelo golpe de Nove de Termidor,[8] quando seus bens lhe foram devolvidos. No devido tempo, por volta de 1804, ela mandou buscar seu netinho, Auguste de Maulincour, o único

---

8. 27 de julho de 1794, quando Robespierre foi derrubado, pondo fim ao período do Terror, em que muitos aristocratas e deputados da oposição foram levados ao cadafalso. (N.T.)

sobrevivente do ramo dos Charbonnon de Maulincour, que foi criado pela boa viúva com o cuidado tríplice de mãe, de mulher da nobreza e de viúva teimosa. Depois, quando chegou a Restauração, o jovem, na ocasião com dezoito anos, entrou para o quartel da Maison Rouge[9], acompanhou os príncipes até Gand[10], foi promovido a oficial por seus serviços na Guarda Real, de onde saiu para servir nos regimentos de combate, foi depois convocado novamente para a Guarda Real e nela se encontrava agora, com apenas 23 anos, como chefe de esquadrão de um Regimento de Cavalaria, uma excelente posição, graças à influência da avó, que podia estar velha, mas sabia muito bem como essas coisas funcionavam e como lidar com elas. Esta dupla biografia é o resumo tanto da história geral como da particular, salvo pequenas variantes, de todas as famílias que haviam emigrado durante a revolução, que possuíam dívidas ou bens e, sobretudo, velhas parentes ricas cheias de habilidade para lidar com a sociedade. A sra. baronesa de Maulincour cultivava a amizade do velho administrador das propriedades do bispado de Pamiers, antigo comendador da Ordem de Malta. Era uma dessas amizades eternas, fundamentadas em laços de sessenta anos, dessas que ninguém consegue abalar, porque, bem no fundo dessas relações, existem os segredos dos corações humanos, cuja adivinhação seria admirável quando se tem tempo para pensar neles, mas tão aborrecidos quanto difíceis de explicar em vinte linhas, embora pudessem originar facilmente um texto para quatro volumes e demonstrarem ser tão interessantes quanto *Le Doyen de Killerine*,[11] uma dessas

---

9. Casa Vermelha, nome do quartel da guarda pessoal do rei Louis XVIII (1755-1824), composta inteiramente por jovens da nobreza, que usavam uniforme vermelho. (N.T.)

10. Cidade da Bélgica, onde Louis XVIII e seu irmão, o conde d'Artois, refugiaram-se em 1815 durante os Cem Dias de Napoleão. (N.T.)

11. Romance escrito em 1753 por Abbé Prévost (1697-1763). (N.T.)

obras tão comentadas pelos moços, que lhes fazem críticas favoráveis ou contrárias sem nunca as terem lido. Auguste de Maulincour pudera então fixar residência no Faubourg Saint-Germain graças à sua avó e aos bons ofícios do administrador do bispado e bastava que sua nobreza datasse de dois séculos para que assumisse as atitudes e as opiniões daqueles cujos ancestrais datam do tempo dos nobres guerreiros de Clovis.[12] Esse jovem pálido, alto e esbelto desmentia sua aparência um tanto delicada por ser um homem de honra e de verdadeira coragem, que já se batera em duelo sem hesitar, por uma bagatela qualquer, um *sim* ou um *não* dito no momento errado... Mesmo que não tivesse realmente participado de qualquer batalha, já trazia à lapela a cruz da Legião de Honra. Como se pode perceber, era um desses equívocos ambulantes da Restauração, embora suas outras qualidades o tornassem um dos que mais merecessem indulgência. A juventude dessa época não foi igual à juventude de qualquer outra. Ela se encontrava entre as lembranças do Império e as recordações da Emigração da aristocracia, entre as velhas tradições da Corte e os estudos constantes em que se aplicava a burguesia, entre a religião e os bailes à fantasia, entre duas ideologias políticas, entre Louis XVIII, que só tinha olhos para o presente, e Charles X,[13] que olhava demais para o futuro distante; acima de tudo, sentia-se obrigada, por uma questão de honra, a respeitar a vontade do rei, por mais que a realeza se equivocasse. Essa juventude vacilante em tudo, ao mesmo tempo cega e clarividente, não era absolutamente tomada em consideração pelos velhos, que seguravam firmemente as rédeas do Estado, enquanto a monarquia

---

12. O primeiro rei dos francos (465-511 d.C). O bairro St.-Germain era o local em que os aristocratas franceses construíam suas residências. (N.T.)
13. Charles-Philippe de Bourbon (1757-1836), conde d'Artois, irmão de Louis XVI e Louis XVIII, este último sucedeu de 1824 a 1830, quando uma insurreição colocou Louis-Philippe no trono. (N.T.)

restaurada poderia ter sido salva pela aposentadoria desses antigos funcionários e sua substituição por esta jovem França, cujo acesso ao poder a teria renovado, por mais que os velhos teóricos políticos, os retornados da Emigração, façam pouco dela até os dias de hoje. Auguste de Maulincour era uma vítima das ideias que dominavam então as mentes dessa mocidade, como se verá a seguir. O administrador do bispado, então com 67 anos, um homem de índole espiritual, que muito vira e muito vivera, capaz de contar muitas histórias com vivacidade e um certo grau de ironia, era um homem de honra e cavalheiresco, mas que acalentava, com relação às mulheres, as opiniões mais detestáveis: ao mesmo tempo as amava e desprezava. A honra das mulheres, os sentimentos femininos? Ora, tudo isso não passava de conversa mole, bagatelas e ilusões de comediantes! Quando se achava perto delas, esse velho monstro chauvinista acreditava nelas, nunca as contrariava, dava-lhes o devido valor e as elogiava. Mas quando se encontrava no meio de seus amigos, se alguém começasse uma discussão sobre seus méritos, o administrador sustentava a tese de que enganar as mulheres, manter vários namoros ao mesmo tempo e coisas assim, deveria ser a principal ocupação dos jovens, que simplesmente estavam desperdiçando os bons tempos da juventude ao tentarem se meter nos negócios de Estado. É até desagradável ter de esboçar um retrato tão antiquado e antipático. Mas não existe gente assim por toda parte? Literalmente, não é uma imagem tão desgastada como a descrição das qualidades de um granadeiro do primeiro Império? Mas ocorre que o administrador do bispado teve uma grande influência sobre o destino de *monsieur* de Maulincour e, portanto, é necessário descrevê-lo; à sua maneira, ele lhe dava lições de moral e queria convertê-lo às doutrinas do grande século da galanteria. A avó viúva e rica era uma mulher terna e piedosa, oscilando entre a influência do administrador e os mandamentos de Deus. Era um modelo de graça e de doçura, mas dotada de um persistente bom gosto que triunfava sobre tudo em seu devido tempo. Ela teria preferido conservar no neto as mais belas ilusões da vida: educara-o dentro dos melhores princípios, transmitira a ele toda a delicadeza de sua própria alma, resultando que ele se transformara em um homem tímido, um verdadeiro bobalhão aos olhos de seus camaradas de armas. A sensibilidade do rapaz, conservada pura, não se desgastou exteriormente, e ele permaneceu tão inocente, tão cheio de melindres que se sentia profundamente ofendido por atos e palavras a que a sociedade não dava a menor importância. Todavia, ele se envergonhava de tanta suscetibilidade e procurava escondê-la sob a capa de uma falsa segurança, sofrendo em silêncio; fazia troça, junto com os outros, de coisas que ele sabia secretamente ser o único que admirava. Desse modo, enganou a si mesmo porque, segundo um dos caprichos tão comuns do destino, encontrou no alvo de sua primeira paixão, logo ele, um homem de doce melancolia, crente na espiritualidade do amor, uma mulher que tinha horror ao romantismo, porque este surgira entre os alemães. O jovem começou a duvidar de si mesmo, tornou-se um sonhador e deixou-se envolver totalmente por seus pesares, enquanto se lamentava por não ser compreendido por ninguém. Depois disso, uma vez que é próprio do ser humano desejar mais violentamente as coisas mais difíceis de alcançar, continuou a adorar as mulheres por sua ternura ardilosa e sua delicadeza felina, cujo segredo pertence só a elas e do qual provavelmente querem conservar o monopólio. De fato, embora as mulheres se queixem tanto de serem mal-amadas e incompreendidas pelos homens, ainda assim, gostam muito pouco daqueles cujas almas têm certas qualidades femininas. Toda a sua superioridade consiste em fazer os homens acreditarem que são inferiores a elas na capacidade de amar; abandonam assim sem grande hesitação um amante jovem, quando ele é inexperiente o bastante para querer privá-las dos temores com que gostam de se enfeitar, esses deliciosos tormentos dos ciúmes falsos, esses torvelinhos da esperança enganada, as esperas vãs, enfim, todo o cortejo de desventuras femininas tão bem-cultivadas; elas têm horror aos homens virtuosos como Grandisson.[14] Que há de mais contrário à sua natureza que um amor tranquilo e perfeito? Elas querem emoções, uma felicidade sem tormentas deixa de ser felicidade para elas. As almas femininas suficientemente fortes para aceitar um amor infinito constituem angélicas exceções e encontram-se entre as mulheres com a mesma raridade que os homens de coração compassivo. As grandes paixões são tão raras quanto as obras-primas. Contudo, fora desse amor, não há senão arranjos convenientes, irritações passageiras, desprezíveis como tudo quanto é pequeno.

No meio dos secretos desastres de seu coração, enquanto procurava uma mulher pela qual pudesse ser compreendido, uma busca que, diga-se de passagem, é a grande tolice amorosa de nossa época, Auguste encontrou-a em um mundo bastante afastado do seu, na segunda esfera da sociedade, o mundo do dinheiro, em que os grandes banqueiros ocupam a primeira classe, uma criatura perfeita, uma dessas mulheres que refletem um ar indefinível de santidade e de sagrado, que inspiram tanto respeito que o amor precisa ser apoiado por uma longa familiaridade antes de ousar declarar-se. Auguste entregou-se então totalmente às delícias da mais comovente e profunda das paixões, um amor que se contentava em contemplar e admirar. Foi sacudido por incontáveis desejos reprimidos, nuances de paixões tão vagas e tão profundas, tão arredias e tão avassaladoras que sequer é possível encontrar um

---

14. Protagonista do romance *Sir Charles Grandisson,* do romancista inglês Samuel Richardson (1689-1761): o protótipo de homem virtuoso, em contraste com o conquistador Lovelace, criado pelo mesmo autor. (N.T.)

termo de comparação que as possa explicar. Elas recordam perfumes, lembram nuvens, evocam raios de sol, sugerem sombras, tudo aquilo que na natureza pode brilhar por um momento e então se desvanecer, avivar-se como uma chama derradeira e então morrer, deixando como único rastro as emoções que perduram por longo tempo no fundo do coração. Enquanto uma alma é jovem o bastante para conceber o romantismo, o amor pelas esperanças inalcançáveis, enquanto souber ver na mulher mais do que uma mulher, a maior felicidade que pode alcançar um homem é amar o suficiente para sentir mais alegria ao tocar uma luva branca, ao roçar de leve uma madeixa macia, ao escutar um frase dita casualmente, ao lançar um olhar sem ser observado do que ao gozar da posse mais ardente que lhe daria um amor correspondido. São assim as pessoas repelidas, as feias e infelizes, os amantes inconfessos, as mulheres e homens tímidos, somente estes conhecem os tesouros que encerra o timbre da voz do ente amado. Tendo sua fonte e seu princípio na própria alma, as vibrações do ar carregado de fogo colocam tão violentamente os corações em comunicação e transmitem tão lucidamente os pensamentos, são tão pouco mentirosas, que uma única inflexão corresponde às vezes a um desenlace. Quanto encantamento não desperta no coração do poeta a inflexão harmoniosa de uma doce voz? Quanta inspiração ela desperta! Quanto consolo ela transmite! O amor já está no tom de voz, muito antes que seja confessado pelo olhar. Auguste, um poeta à maneira dos amantes (há poetas que sentem e há poetas que exprimem, e os primeiros são os mais felizes), havia saboreado todas essas alegrias do amor romântico, tão grandes e tão fecundas. *Ela* possuía a garganta mais sedutora que pudesse desejar a mulher mais ardilosa para conseguir iludir e conquistar à vontade; ela tinha aquele tipo de voz que faz lembrar uma sineta de prata, tão doce aos ouvidos, que só se torna estridente para um coração que perturba e faz sofrer, um coração que acaricia ao mesmo tempo que inquieta. E logo essa mulher ia de noite à Rue Soly, perto da Rue Pagevin; e seu surgimento furtivo nas janelas de uma casa de má fama acabara de estilhaçar a mais magnífica das paixões!... Era o verdadeiro triunfo das opiniões e conselhos do administrador.

– Se ela trai o marido, nós dois nos vingaremos – disse Auguste para si mesmo.

E quanto amor ainda estava encerrado naquele "se"!... A dúvida filosófica de Descartes[15] é uma simples cortesia com a qual sempre se deve honrar a virtude... Nesse momento, o barão de Maulincour recordou-se de que essa mulher iria a um baile em uma casa para a qual tinha convite permanente. Vestiu-se às pressas, partiu, chegou, procurou a amada disfarçadamente pelos salões. Ao vê-lo tão empenhado na busca, madame de Nucingen[16] disse:

– Não consegue encontrar a esposa de *monsieur* Jules, não é mesmo? Não adianta continuar procurando, porque ela ainda não chegou...

– Bom dia, minha querida!... – exclamou uma voz.

Auguste e madame de Nucingen viraram-se de repente. E ali se achava madame Jules, vestida de branco, simples e nobre, trazendo na cabeça precisamente as penas de marabu que o jovem barão a vira escolher na floricultura. A voz de seu amor perfurou o coração de Auguste. Se ele tivesse conquistado anteriormente o mínimo direito de demonstrar a ela seu ciúme, a transformaria em pedra com aquele nome horrendo: "Rue Soly!...". Mas ele era um estranho, e ainda que repetisse mil vezes aquelas palavras infamantes aos ouvidos de madame Jules, ela teria perguntado a ele com

---

15. René Descartes (1596-1650), filósofo e matemático francês. (N.T.)
16. Personagem fictícia, em solteira Dauphine Goriot, filha do pai Goriot. (N.T.)

espanto o que pretendia dizer com aquilo. Assim, somente pôde contemplá-la com um ar estúpido.

Para essa gente maldosa que faz troça de tudo, talvez seja um grande divertimento conhecer o segredo de uma mulher, saber que sua castidade é apenas aparente, que seu rosto calmo esconde pensamentos inconfessáveis, que se desenrola um drama espantoso sob sua fronte pura. Mas existem certas almas a quem esse espetáculo só pode causar real tristeza, enquanto muitos que dele riem, ao voltarem para casa, longe de seus amigos escarnecedores, sozinhos com sua consciência, maldizem a sociedade e desprezam tal mulher. Tal era a situação de Auguste de Maulincour na presença de madame Jules Desmarets. Não podia haver situação mais bizarra. Não existia absolutamente entre eles qualquer relacionamento senão as relações que se estabelecem na sociedade entre pessoas que trocam entre si algumas palavras sete ou oito vezes a cada inverno, e agora eis que ele pretendia exigir satisfações pela quebra de uma felicidade que ela totalmente ignorava e a julgava sem lhe dar a conhecer a acusação.

E muitos foram os jovens que se encontraram em situação semelhante, caindo em si ao chegar em casa, desesperados por haverem rompido para sempre com uma mulher que adoravam em segredo e que agora condenavam e desprezavam igualmente em segredo... Quantos monólogos foram proferidos, escutados somente pelas paredes de um quarto solitário, quantas tempestades nasceram e se desfizeram sem sequer saírem do fundo dos corações, quantas cenas admiráveis do mundo moral para cuja representação seria necessário o talento de um grande pintor... Madame Jules Desmarets foi procurar um lugar para sentar-se, enquanto seu marido fazia a volta no salão. Mas assim que se assentou, começou a sentir um certo constrangimento e, embora conversasse com a vizinha, lançava olhares furtivos para Jules Desmarets, seu marido, o corretor de câmbio do barão de Nucingen.[17] Vamos rever a história desse casamento:

Monsieur Desmarets tinha sido, durante os cinco anos que precederam seu casamento, o auxiliar de um corretor de câmbio e, na época, sua única fortuna eram as magras comissões de um auxiliar de corretagem. Todavia, ele era um desses homens a quem o infortúnio ensina rapidamente os fatos da vida e que perseguem seus objetivos com a mesma tenacidade de um inseto que corre em direção à toca, um desses jovens obstinados que se fazem de tolos diante dos obstáculos e acabam por vencer seus adversários pelo cansaço e pelo exercício de uma paciência de Jó. Podia ser muito moço, mas possuía todas as virtudes republicanas das classes pobres: comia e bebia com moderação, empregava seu tempo com avareza, deixava de lado os prazeres fáceis. Somente esperava. A natureza lhe havia concedido, além disso, as imensas vantagens que obtém um aspecto físico agradável. Sua testa era calma e pura; os traços de seu rosto eram tranquilos, mas expressivos; a maneira com que tratava os outros era simples, ao passo que tudo nele revelava uma existência laboriosa e resignada, cheia daquela grande dignidade pessoal que se impõe em qualquer situação e daquela secreta nobreza de coração que resiste a todas as dificuldades. Havia nele, além disso, uma modéstia natural e sem subserviência que inspirava uma espécie de respeito em todos que o conheciam. Contudo, ele era um solitário no meio de Paris, que só via a sociedade de relance, durante os breves momentos em que atravessava o salão de seu patrão, nos dias em que este dava uma festa. Havia nesse jovem, como na maior parte das pessoas que vivem

---

17. Personagem fictício, o barão Frédéric de Nucingen é originalmente um judeu alemão ou polonês cuja carreira brilhante é traçada em numerosos livros de *A comédia humana*. Balzac situa seu nascimento em 1763, e em 1846 ainda o mantinha vivo. (N.T.)

dessa maneira, paixões surpreendentemente profundas, paixões demasiado vastas para darem importância aos pequenos incidentes da vida. Além do mais, sua própria pobreza obrigava-o a levar uma vida austera, e ele mantinha suas fantasias sob controle dedicando-se firmemente ao trabalho. Depois de empalidecer de exaustão sobre os livros de contabilidade, ele se permitia esquecer as cifras por um breve período de repouso, esforçando-se todo o tempo para adquirir esse conjunto de conhecimentos que hoje são necessários para qualquer um que se deseje fazer notado na sociedade, no comércio, no fórum, na política ou nas letras. O único recife contra o qual podem naufragar essas belas almas estudiosas é sua própria honestidade. Ao encontrarem uma moça pobre, enamoram-se dela, casam e seguem pelo resto da existência a debaterem-se entre o amor e a miséria. Suas mais belas ambições esvaem-se em contato com a caderneta de despesas domésticas. Jules Desmarets bateu em cheio nesse escolho. Uma tarde, ele viu em casa do patrão uma jovem criatura da mais rara beleza. Os infelizes privados de afeto e que consomem as mais belas horas da juventude em longos trabalhos são os que mais rápido se entregam à ação destruidora de uma paixão sobre seus corações desertos e mal conhecidos por eles mesmos. Ficam tão seguros de estar transmitindo um amor tão profundo, todas as suas forças se concentram a tal ponto ao redor da mulher de quem se enamoraram, junto dela experimentam sensações tão deliciosas, que frequentemente nem percebem que não despertam nada, que não recebem coisa alguma em troca. De todos os egoísmos, esse é o mais lisonjeiro para a mulher que sabe adivinhar essa aparente imobilidade da paixão e as feridas que estão tão profundas que levam muito tempo para surgir à superfície humana. Essa pobre gente, esses anacoretas vivendo no seio de Paris, tem todas as características dos ermitães, o que significa que também podem cair nas mesmas tentações; todavia, é tão comum que sejam enganados, traídos, mal-interpretados, que raramente lhes é permitido colher os doces frutos desse amor que, para eles, é sempre como uma flor caída do céu. Um sorriso dessa mulher e uma única inflexão de ternura em sua voz foram suficientes para Jules Desmarets conceber uma paixão sem limites. Felizmente, o fogo concentrado dessa paixão secreta revelou-se ingenuamente também no coração daquela que a inspirava. Ambos se amaram então religiosamente. Para resumir tudo em uma só palavra, eles se deram as mãos, sem constrangimento, no meio da sociedade, tal como o fariam duas crianças, irmão e irmã, que tentassem atravessar uma multidão e descobrissem que todos lhes abriam alas por admirarem o que percebiam entre eles. A pobre garota encontrava-se em um desses terríveis estados civis em que o egoísmo coloca certas crianças; não tinha o sobrenome do pai, não fora devidamente registrada, e seu nome próprio, *Clémence,* além de sua própria idade, haviam sido reconhecidos por meio de um instrumento público. Quanto a seus bens, não tinha praticamente nada. Jules Desmarets sentiu-se o homem mais feliz do mundo ao ficar a par dessa situação. Se Clémence pertencesse a alguma família opulenta, ele teria imediatamente perdido a esperança de conseguir obter-lhe a mão; mas ela era uma pobre filha ilegítima, uma filha do amor, o fruto de alguma terrível paixão adulterina: casaram-se em seguida. Começou então para Jules Desmarets uma série de acontecimentos felizes. Todos invejavam a sua felicidade, e aqueles que tinham ciúmes dele começaram logo a acusá-lo de ser apenas afortunado, sem reconhecer suas virtudes ou sua coragem. Alguns dias depois do casamento de sua filha, a mãe de Clémence, que sempre se apresentara como sua madrinha, disse a Jules Desmarets que deveria comprar um cargo de corretor da Bolsa, prometendo que daria um jeito de lhe arranjar o dinheiro necessário. Naquela época, esses cargos custavam um preço bem mais moderado do que o exigido nos dias que correm. Naquela tarde, no próprio escritório de seu patrão, um rico capitalista lhe propôs, mediante a recomendação daquela senhora, o negócio mais vantajoso possível, adiantando a ele os fundos necessários para a aquisição de tal privilégio, de tal modo que, no dia seguinte, o feliz auxiliar de contabilidade tivera condições de adquirir a agência de câmbio de seu patrão. Em quatro anos, Jules Desmarets tornou-se um dos membros mais ricos de sua corporação, graças a um número considerável de ótimos clientes que se vieram acrescentar aos que lhe deixara seu predecessor. Ele inspirava uma confiança ilimitada, e era impossível deixar de reconhecer, na maneira como os bons negócios caíam em suas mãos, alguma influência oculta de sua sogra, a não ser que fosse uma proteção secreta que atribuía à divina Providência. Depois de três anos, Clémence perdeu sua madrinha. A essa altura, *monsieur* Jules, como o chamavam para estabelecer uma distinção entre ele e seu irmão mais velho, que ele conseguira estabelecer como tabelião em Paris, já possuía cerca de duzentas mil libras de renda. Não existia em Paris outro exemplo de felicidade igual à que transcorria dentro de seu lar. Durante cinco anos, esse amor excepcional só fora perturbado por uma calúnia da qual *monsieur* Jules tirara uma retumbante vingança. Um de seus antigos colegas de serviço atribuíra a fortuna de Jules à sua esposa, explicando que esta se devia a uma alta proteção comprada mediante alto preço. O caluniador foi morto em duelo. A paixão profunda dos dois esposos um pelo outro, tão forte que resistira ao casamento, alcançava na sociedade o maior sucesso, mesmo que fosse motivo de contrariedade para muitas mulheres. O belo casal era respeitado e todos os recebiam com alegria. As pessoas gostavam sinceramente de *monsieur* e madame Jules, talvez porque não haja coisa mais agradável de ver que pessoas felizes; mas eles não permaneciam muito tempo nos salões de festas e escapavam bem depressa deles, ansiosos por voltar a seu ninho, voando rapidamente como dois pombos desgarrados. O ninho em questão era uma grande e bela mansão na Rue de Ménard, em que o bom gosto artístico temperava o luxo vulgar que a comunidade financeira continua tradicionalmente a ostentar, na qual os dois esposos recebiam seus convidados com magnificência, mesmo que as obrigações sociais não tivessem grande significado para eles. Ainda assim, Jules via-se forçado a suportar as exigências da sociedade, sabendo que, mais cedo ou mais tarde, uma família tem necessidade dela; mas tanto ele como sua esposa sentiam-se, no meio das festas, como duas plantas de estufa à mercê da tempestade. Por uma questão de delicadeza, que nele era perfeitamente natural, Jules tivera o maior cuidado em ocultar de sua esposa tanto a calúnia como a morte do caluniador que tentara perturbar a felicidade deles. A esposa de Jules, apesar de sua criação, sentia-se inclinada por sua natureza artística e delicada a amar o luxo. Apesar da lição do duelo, algumas mulheres imprudentes cochichavam entre si que essa madame Jules devia achar-se constantemente constrangida. Os vinte mil francos que lhe dava seu marido para seu vestuário e outras fantasias não poderiam, segundo os cálculos dessas faladeiras, ser suficientes para suas despesas. De fato, encontravam-na frequentemente mais elegante em casa do que quando se vestia para uma festa em sociedade. Ela gostava mesmo era de se enfeitar para seu marido, como uma maneira de lhe fazer notar que, para ela, ele era mais importante que a sociedade inteira. Amor verdadeiro, amor puro, sobretudo um amor feliz, tanto quanto pode ser um amor publicamente clandestino. Jules, do mesmo modo, sempre enamorado, mais apaixonado a cada dia que se passava, completamente feliz quando se achava ao lado de sua esposa, adorando seus menores caprichos, inquietava-se às vezes de não achar nenhum, como se isso fosse o sintoma de alguma espécie de enfermidade. Auguste de Maulincour tivera a infelicidade de se lançar justamente contra aquela paixão e enamorar-se daquela mulher ao ponto de perder a cabeça. Entretanto, mesmo que trouxesse em seu coração um amor tão sublime, nunca caía no ridículo por causa dele. Seguia à risca todos os costumes dos militares; todavia, mesmo quando bebia uma taça de champanha, conservava em seu rosto um ar sonhador, um silencioso desdém para com a existência, essa fisionomia nebulosa que, pelos motivos mais variados, apresentam algumas pessoas que nunca demonstram emoções mais vívidas, ou por insatisfeitas com suas vidas vazias ou por serem hipocondríacas e acharem que sofrem de tuberculose ou terem o prazer de apregoarem-se portadoras de alguma doença cardíaca. Sem falar que amar sem esperança e mostrar desgosto perante a vida tornaram-se hoje atitudes sociais. Ora, a tentativa de conquistar o coração de uma rainha talvez fosse mais esperançosa que um amor tão fortemente desenvolvido por uma mulher que estava perfeitamente feliz com seu amor presente. Desse modo, Maulincour tinha razões mais do que suficientes para permanecer grave e entristecido. Uma rainha poderá talvez ser atingida através da vaidade de seu poder e sua própria posição é tão elevada que se torna rarefeita e a faz vulnerável; mas uma burguesa devota e feliz é como um ouriço defendido por seus espinhos ou uma ostra protegida por sua carapaça áspera.

Nesse momento, o jovem oficial se encontrava próximo àquela sua amante que mal sabia de sua existência e muito menos suspeitava estar sendo duplamente infiel. Ali estava a ingênua madame Jules, sentada com naturalidade e tanta candura como se fosse a mulher menos falsa do mundo, tão doce quanto cheia de uma serenidade majestosa. A que abismos chega a natureza humana? Antes de tentar iniciar uma conversação, o barão olhou atentamente para a mulher e seu marido. Que reflexões teriam passado por sua cabeça? Ele reviveu mentalmente todos os poemas das *Noites* de Young[18] nesse único e triste instante.

Enquanto isso, a música retumbava nos grandes salões iluminados por mil velas; o baile era oferecido por um banqueiro, uma daquelas festas insolentes por meio das quais a sociedade do ouro em barra procurava superar os salões do ouro em pó em que se divertia a "gente de classe", a aristocracia orgulhosa do Faubourg Saint-Germain, sem prever que um dia os banqueiros invadiriam o Palais du Luxembourg e se assentariam no trono.[19] Os conspiradores dançavam então, tão despreocupados com as futuras quedas do poder quanto com as futuras bancarrotas dos bancos. Os salões dourados do sr. barão de Nucingen apresentavam aquela animação particular que a sociedade de Paris, alegre pelo menos na aparência, empresta às festas da cidade. É nelas que os homens de talento transmitem aos tolos algumas migalhas de seu espírito, enquanto os tolos partilham com eles em abundância o ar feliz que os caracteriza. É por essa troca que tudo se anima. Mas uma festividade parisiense sempre recorda um pouco uma queima de fogos de artifício: espírito, sedução, prazer, tudo brilha de forma extraordinária e apaga-se tão rapidamente como os foguetes queimados. No dia seguinte, todos já se esqueceram de suas frases espirituosas, de sua vaidade sedutora e de seus prazeres fortuitos.

"Pois então é assim...", concluiu Auguste para si mesmo. "Todas as mulheres são como o administrador do bispado as descreve? É fora de dúvida que todas estas que estão dançando neste salão têm uma aparência muito menos irrepreensível que a da sra. Jules Desmarets. Mas acontece que é justamente

---

18. Edward Young (1681-1765), poeta inglês. (N.T.)
19. Antiga residência real, o Palais du Luxembourg é hoje sede do Senado francês. Alusão ao reinado de Louis-Philippe d'Orléans, duque de Valois (1773-1850), rei da França de 1830 a 1848. (N.T.)

esta que visita a Rue Soly..." Só de pronunciar mentalmente o nome da Rue Soly seu coração parecia murchar dentro do peito, mas era como uma ideia fixa, como um sintoma que revela uma doença incurável.

– Madame – perguntou. – A senhora não dança nunca?

– É a terceira vez que o senhor me faz essa pergunta desde o começo da estação dos bailes de inverno... – respondeu ela com um sorriso.

– Mas a senhora não me havia respondido até hoje...

– Lá isso é verdade...

– Eu bem sabia que a senhora era falsa, como todas as mulheres...

Madame Jules começou a rir.

– Escute, cavalheiro, se eu dissesse a verdadeira razão, ela pareceria ridícula. Não acho que exista qualquer falsidade em não confessar segredos dos quais a sociedade tem o costume de fazer troça...

– Todo segredo exige, antes de ser revelado, minha senhora, uma amizade da qual sem dúvida eu não sou digno. Mas a senhora só poderia ter segredos nobres... Julga-me então capaz de zombar de coisas respeitáveis?...

– Mas é claro que sim – disse ela. – O senhor é como todos os outros: os homens riem de nossos sentimentos mais puros, portanto o senhor os caluniará, como fazem os demais. Para falar a verdade, não tenho segredos. Tenho todo o direito de amar meu marido diante de toda a sociedade, falo isso abertamente, tenho orgulho deste sentimento; caso o senhor faça a menor brincadeira depois de saber que eu só danço com meu marido, formarei o pior conceito de seu caráter, cavalheiro.

– Quer dizer que, depois que se casou, dançou apenas com seu marido?

– Sim, cavalheiro. Desde então, seu braço foi o único sobre o qual me apoiei e nunca mais senti o contato de outro homem.

– Mas nem seu médico lhe tirou o pulso...?
– Viu só? Eu sabia. O senhor já começou a fazer troça.
– Não, minha senhora. Ao contrário, eu a admiro, porque a compreendo. Não obstante, a senhora nos deixa ouvir a sua voz, permite que a vejamos... Em uma palavra, permite que nossos olhos a admirem...
– Ah, essa é a minha maior tristeza! – interrompeu-o. – Sim, eu até gostaria que fosse possível a uma mulher casada viver com seu marido como se fosse sua amante; porque então...
– Mas nesse caso por que a senhora andava a pé e disfarçada, duas horas atrás, pela Rue Soly?
– Rue Soly? Mas que rua é essa? – indagou ela, parecendo surpresa.

Sua voz tão pura não deixava transparecer a menor emoção, não se modificou a expressão de nenhum dos traços de seu rosto, ela não enrubesceu, permaneceu perfeitamente tranquila.

– A senhora quer me dizer que não subiu ao segundo andar de uma casa situada na Rue des Vieux-Augustins, perto da esquina da Rue Soly? Não havia um fiacre esperando pela senhora bem pertinho dali? A senhora não seguiu nessa carruagem até a Rue Richelieu, não parou na floricultura para escolher essas plumas de marabu que agora lhe adornam a cabeça?

– Não saí de casa esta tarde.

Mentindo daquela maneira, impassível e risonha, enquanto se abanava com o leque... Mas um homem que tivesse o direito de passar-lhe a mão pela cintura ou ao longo da espinha provavelmente a encontraria umedecida pelo suor do nervosismo. Foi nesse momento que Auguste melhor recordou as lições que o administrador do bispado lhe ministrara.

– Então me perdoe, decerto era uma pessoa que se parece extraordinariamente com a senhora – afirmou com o ar contrito de quem está acreditando que realmente se enganou.

– Cavalheiro – acrescentou ela. – Se o senhor é capaz de seguir os passos de uma mulher para surpreender os segredos dela, vai me permitir dizer que essa foi uma ação feia, de fato muito feia, e vou lhe dar a honra de não acreditar no que me disse.

O barão afastou-se e foi colocar-se junto da lareira, onde permaneceu com um jeito pensativo. Baixou a cabeça, mas sob as sobrancelhas seu olhar se lançava disfarçadamente sobre madame Jules, a qual, não se dando conta de que seria traída pelos espelhos, lançou-lhe dois ou três olhares em que se lia perfeitamente o terror. Madame Jules fez então um sinal para seu marido, ele veio dar-lhe o braço e ajudou-a a levantar-se, para depois darem uma volta pelos salões. Quando ela passou perto de *monsieur* de Maulincour, este, que conversava com um de seus amigos, disse em voz bem alta, como se respondesse a uma interrogação: "Mas tenho certeza de que essa mulher não dormirá tranquilamente esta noite...". Madame Jules parou por um momento, lançou-lhe um olhar imponente e cheio de desprezo e continuou seu caminho, sem saber que um tal olhar, caso fosse surpreendido pelo marido, poderia comprometer a felicidade e a vida de dois homens. Auguste, por sua vez, tomado de uma profunda raiva que abafou nas profundezas de sua alma, saiu da festa logo depois, jurando que haveria de chegar até o coração daquela intriga. Antes de partir, procurou madame Jules, a fim de lançar-lhe mais um olhar; mas ela havia desaparecido. Que drama se desenrolava naquela jovem cabeça eminentemente romântica, como todas as que nunca tiveram oportunidade de conhecer o verdadeiro amor em toda a sua extensão real. E o pior é que ele continuava a adorar madame Jules, somente sob uma nova forma: agora ele a amava com a raiva do ciúme e com as delirantes angústias da esperança. Infiel a seu marido, ela se tornara vulgar. Auguste agora pressentia que poderia entregar-se a todas as felicidades do amor feliz, e sua imaginação abria agora a ele o imenso desfile dos prazeres da posse. Em outras palavras, havia perdido seu anjo, mas encontrara o mais delicioso dos demônios. Foi deitar-se, erguendo mil castelos no ar, justificando as ações de madame Jules como se fossem algum ato de bondade romântica, no qual ele mesmo não acreditava por um só momento. A partir de então decidiu devotar-se inteiramente, a começar do dia seguinte, à busca das causas, dos interesses, da maneira de desatar aquele nó que escondia o mistério. Era como se fosse ler um novo romance, melhor ainda, ingressara em uma tragédia, dentro da qual escolhera deliberadamente o seu papel.

Capítulo II

Ferragus

O ofício de espião é muito divertido, quando praticado por vontade própria e em benefício de uma paixão. Afinal de contas, é como conceder a si próprio todos os prazeres do ladrão, ao mesmo tempo em que se conserva a honestidade... Mas é preciso resignar-se a ferver de cólera, a rugir de impaciência, a gelar os pés na lama, a tremer de frio enquanto se queima por dentro, a alimentar-se tão somente de falsas esperanças. É preciso seguir em frente para um destino ignorado, apoiado somente em uma pequena pista, errar o alvo, resmungar em vão, recitar para si mesmo elegias e ditirambos e lançar exclamações de impaciência para um transeunte inofensivo que olhou admirado para você. E ainda derrubar as pobres vendedoras de rua, espalhando as maçãs de seus cestinhos, correr, descansar, ficar parado diante de uma janela, fazer mil suposições... Mas esta é a caça, a caça dentro de Paris, a caça com todos os seus acidentes e todo o seu aparato, com a exceção dos cães, das espingardas e dos brados dos batedores!... Nada se pode comparar a essa experiência, senão a vida dos viciados em jogos de azar. E é necessário ter um coração cheio de amor ou pejado de vingança para se emboscar em Paris, como um tigre à espreita do momento exato para saltar sobre sua presa e para sentir prazer na possibilidade de enfrentar todos os perigos da cidade, especialmente de certos bairros, acrescentando mais um possível alvo aos muitos que já lá existem. Não será então necessário possuir mais de uma alma? Não é o mesmo que viver mil paixões, mil sentimentos contraditórios e simultâneos?...

Auguste de Maulincour lançou-se a essa existência ardente com verdadeiro amor, porque por meio dela experimentava todas as agruras e todos os prazeres. Andava disfarçado Paris afora, vigiava todas as esquinas da Rue Pagevin ou da Rue des Vieux-Augustins. Corria como um caçador entre a Rue de Ménars e a Rue Soly e de novo entre a Rue Soly e a Rue de Ménars, sem conhecer nem a vingança, nem o preço com que seriam punidos ou recompensados tantos desvelos, tantas caminhadas e tantos artifícios!... Enquanto isso, não havia chegado ainda àquela impaciência que corrói as entranhas e faz escorrer o suor; em geral, caminhava tranquilo e cheio de esperança, pensando que madame Jules não se arriscaria durante os primeiros dias a retornar ao local em que fora surpreendida. Desse modo, ele havia consagrado os primeiros dias a desvendar todos os segredos da rua. Como era ainda um aprendiz de espião, não ousava questionar nem a porteira, nem o sapateiro que instalara sua loja na casa em que se apresentara madame Jules; em vez disso, esperava poder arranjar um posto de observação na casa localizada à frente do apartamento misterioso. Assim, estudava o terreno, queria conciliar a prudência e a impaciência, a ansiedade de seu amor com a busca do segredo.

Nos primeiros dias do mês de março, no meio dos planos que arquitetava a fim de dar seu grande golpe, abandonando o tabuleiro urbano depois de uma dessas partidas assíduas que, por enquanto, ainda não haviam resultado em lucro algum, ele retornava pelas quatro horas a sua mansão, onde fora chamado para resolver um assunto relativo ao serviço da guarda, quando foi apanhado, na Rue Coquillière, por uma dessas chuvas violentas que fazem transbordar repentinamente a água das sarjetas e das quais cada gota, ao tombar sobre as poças-d'água formadas ao longo da via pública, dava um estalo tão forte quanto uma badalada de relógio. Nessas ocasiões, quem anda a pé por Paris é obrigado a parar imediatamente e refugiar-se sob o toldo de uma loja ou no interior de um café, caso seja bastante rico para pagar sua hospitalidade forçada; ou, em caso de urgência, sob o telhado de um portão de carruagens, o asilo da gente pobre ou malvestida. Por que será que nenhum de nossos pintores não procurou ainda reproduzir em suas telas as fisionomias de um enxame de parisienses agrupados sob o pórtico úmido de uma casa a fim de escapar de um aguaceiro? Onde encontrar um tema mais sugestivo para um quadro? Inicialmente, ele pode encontrar um pedestre sonhador ou filosófico, que observa com prazer os riscos formados pelas gotas de chuva contra o fundo acinzentado da atmosfera, uma espécie de caneluras semelhantes aos jatos caprichosos dos filetes coloridos incrustados em vidro; ou os turbilhões de água branca que o vento faz rolar como uma poeira luminosa contra as telhas dos tetos; ou os caprichosos gargarejos que brotam por entre a espuma que escorre das calhas crepitantes; ou as mil e uma outras coisinhas, tão insignificantes quanto admiráveis, estudadas com delícia estética pelos desocupados involuntários, apesar das vassouradas de água suja com que são brindados pelo proprietário que tenta impedir o alagamento de sua casa. Depois existe o pedestre conversador, que se lamenta pelo incômodo e fica batendo papo com a porteira, apoiada em sua vassoura como um granadeiro sobre seu fuzil; e o transeunte indigente, caprichosamente apoiado contra a parede mais próxima, sem a menor preocupação com seus farrapos habituados ao contato das ruas; há o pedestre letrado, que estuda, soletra ou lê os cartazes interminavelmente; o passante gozador, que faz troça das pessoas que escorregam ou tropeçam pelas ruas, que ri das mulheres enlameadas e faz caretas ou gesticula para as pessoas que estão na plena segurança de suas janelas; mais o pedestre silencioso, que observa uma por uma todas as janelas de todos os andares, sem nada dizer; ainda o transeunte laborioso, armado de bolsas ou munido de pacotes, traduzindo a chuva em lucros e perdas; o caminhante amável, que atinge o grupo como uma bala de canhão e vai logo saudando a todos: "Mas que tempo, minha gente!", e saúda todo mundo; finalmente, acabamos por encontrar o verdadeiro burguês de Paris, armado de guarda-chuva, que conhece muito bem o tempo de Paris, que previra o aguaceiro, mas saíra mesmo assim, apesar da advertência de sua esposa, e que toma posse da cadeira do porteiro com a maior cara de pau. Segundo seu caráter, cada um dos membros dessa sociedade fortuita eventualmente contempla o céu e vai embora, saindo aos pulinhos para não pisar nas poças de lama, ou por estar com pressa, ou porque vê outros cidadãos caminhando apesar do vento e da chuva, ou porque a entrada da casa está úmida e pode provocar um resfriado mortal ou porque, como diz o ditado, meio molhado, molhado e meio. Cada um tem seus motivos. O único que fica é o pedestre prudente, aquela pessoa que só retoma seu caminho depois de divisar alguns trechos de azul de permeio às nuvens esfarrapadas.

Então *monsieur* de Maulincourt se refugiou com uma família inteira de pedestres, sob o pórtico de uma casa antiga, cujo pátio de entrada lembrava um grande cano de chaminé. Por toda a extensão dessas paredes de reboco úmido e esburacado, salitrado e manchado de limo esverdeado, afloravam tantos canos de chumbo, calhas e encanamentos que recordavam as cascatinhas artificiais do parque de Saint-Cloud. A água escorria por todos os lados, fervilhava, respingava, sussurrava; era negra, branca, azul e verde, gritava e multiplicava-se apesar das vassouradas da porteira, uma velha desdentada e acostumada com tempestades, parecendo até alegrar-se com elas, enquanto empurrava para a rua mil detritos, cuja curiosa variedade revelava a vida e os hábitos de cada locatário do prédio. Havia retalhos de algodão indiano, folhas de chá, pétalas de flores artificiais desbotadas e rasgadas, tudo misturado com talos e folhas de hortaliças, papéis embolados e fragmentos de metal. A cada golpe da vassoura, a velha punha a nu a alma dessa torrente, um piso gretado de negro e dividido em ladrilhos brancos e pretos, alternados como as casas de um tabuleiro de xadrez, contra o qual os porteiros se encarniçavam, varrendo sem parar. O pobre enamorado examinava esse quadro, um dos milhares oferecidos a cada dia pela Paris inquieta e volúvel; mas contemplava tudo maquinalmente, como um homem absorvido por seus próprios pensamentos, até que, levantando de repente os olhos, viu-se frente a frente com um homem que acabara de chegar.

Pelo menos em seu aspecto externo, era um mendigo, mas não era absolutamente o mendigo típico de Paris, essa criatura sem-nome e indescritível em qualquer uma das linguagens humanas; não, este homem constituía um tipo novo, alguém que não correspondia a qualquer uma das imagens despertadas pela palavra "mendigo". O indivíduo não se distinguia em absoluto pelo caráter originalmente parisiense que nos surpreende tantas vezes nos infelizes que Charlet[20] representou algumas vezes, com uma observação atenta aos detalhes: aquelas figuras grosseiras, tão enlameadas que pareciam ter rolado no barro, de voz rouca, nariz vermelho e bulboso, bocas desdentadas, mas mesmo assim ameaçadoras: humildes e assustadores, em cujos olhos brilha uma sagacidade profunda que parece contradizer todos os demais atributos. Alguns desses vagabundos atrevidos têm a pele inteira do rosto coberta de veias salientes e de rugas, dando a impressão de ser esculpida grosseiramente em um pedaço de mármore coberto de veios e de gretas; a testa está coberta de sulcos profundos, os cabelos são ralos e sujos, como os de uma peruca atirada ao canto de um quarto. No entanto, mostram-se todos alegres em sua

---

20. Nicolas-Toussaint Charlet (1792-1845), desenhista e caricaturista francês. (N.T.)

degradação, todos marcados pelo selo da embriaguez e da devassidão, lançando seu silêncio contra nós como se pretendessem nos fazer uma repreensão, enquanto sua atitude revela pavorosos pensamentos. Oscilando entre o crime e a esmola, nem sabem mais o que é o remorso e andam prudentemente ao redor do cadafalso sem se deixarem conduzir a ele: são ao mesmo tempo inocentes no meio do vício e viciosos no meio de sua inocência. Muitas vezes nos despertam um sorriso de lástima, mas sempre nos fazem pensar. Uns são os representantes da civilização decadente e abrangem todos os seus sentimentos, desde a honra dos condenados às galés até a pátria e suas virtudes. Outros são resignados, fingindo uma inteligência profunda, mas na verdade estúpidos. Todos alegam ter grandes talentos e capacidade de trabalho, mas que foram repelidos de volta para a imundície por uma sociedade que absolutamente não se interessa pela possibilidade de que existam grandes homens e poetas inspirados, gente corajosa e organizações magníficas entre os mendigos, os verdadeiros boêmios de Paris, gente surpreendentemente boa e espantosamente má, como todas as classes que sofreram com o desprezo; habituados a suportar males inacreditáveis e mantidos sempre ao nível da lama pelo poder fatal da exclusão social. E todos partilham de um sonho, de uma esperança, de um prazer: o jogo, a loteria ou o vinho ordinário. Mas não havia nada dessa personalidade estranha no personagem que se colava despreocupadamente contra a parede, diante de *monsieur* de Maulincour, como se fosse uma fantasia desenhada por um artista hábil no reverso de alguma tela devolvida a seu estúdio. Era um homem comprido e seco, cuja fisionomia sombria denunciava um raciocínio profundo e glacial e afastava qualquer traço de piedade que pudesse surgir no coração daqueles que o contemplassem com curiosidade, mediante uma atitude cheia de ironia e um olhar de poucos amigos que anunciava sua intenção de tratar qualquer estranho como seu igual. A pele de seu rosto tinha uma tonalidade de branco sujo, e o alto da cabeça calva era enrugado, apresentando uma leve semelhança com um pedaço de granito. Algumas mechas grisalhas e sebentas, dispostas de ambos os lados de sua cabeça, desciam até a gola de sua roupa imunda, cuja casaca estava abotoada até o pescoço. Lembrava ao mesmo tempo Voltaire[21] e Dom Quixote: tinha um aspecto escarnecedor e melancólico, cheio de filosofia, mas meio alienado. Aparentemente não tinha camisa. Usava uma barba longa. Acima do lenço que lhe envolvia a garganta, negro, feio, usadíssimo, rasgado, via-se um pescoço com o pomo de adão protuberante e fundamente sulcado por rugas, recoberto de veias grossas como cordas. Grandes olheiras castanhas e de aspecto doentio desenhavam-se sob cada um de seus olhos. Aparentava pelo menos sessenta anos. Em contraste com seu aspecto geral, suas mãos eram brancas e limpas. Usava botinas acalcanhadas e furadas. Suas calças azuis, remendadas em vários lugares, estavam puídas e esbranquiçadas, formando uma espécie de penugem de aspecto extremamente desagradável. Seja porque suas vestes molhadas exalassem um odor fétido, seja porque, mesmo em seu estado normal, ele já tivesse esse cheiro característico da miséria que apresentam os casebres parisienses, do mesmo modo que os escritórios, as sacristias e os hospitais possuem os seus, um cheiro pestilento e rançoso que simplesmente não se pode descrever a quem não o conhece, os que se achavam mais próximos deste homem foram se empurrando para sair de perto até que o deixaram só. Ele primeiro os olhou e depois fixou sobre o oficial seu olhar calmo e inexpressivo, o mesmo olhar celebrizado por *monsieur* de Talleyrand,[22] ao

---

21. François-Marie Arouet, pseudônimo Voltaire (1694-1778), filósofo e escritor francês. (N.T.)

22. Duque Charles-Maurice Talleyrand-Périgord (1754-1838), eclesiástico, escritor e político francês, negociador durante o Congresso de Viena. (N.T.)

mesmo tempo embaçado e sem calor, uma espécie de véu impenetrável sob o qual uma personalidade forte esconde as mais profundas emoções e os julgamentos mais exatos a respeito da natureza dos homens, das coisas e dos acontecimentos. Nenhuma das pregas que sulcavam seu rosto se aprofundou. Sua boca e sua testa permaneceram impassíveis; mas seus olhos abaixaram-se em um movimento de lentidão nobre e quase trágica. Era possível assistir a um drama completo que se refletia no movimento daquelas pálpebras emurchecidas.

O aspecto estoico desta figura fez nascer em *monsieur* de Maulincour um desses vagos devaneios que começam por uma interrogação bastante simples e acabam por abranger um vasto universo de pensamentos. A tempestade estiou. *Monsieur* de Maulincour só conseguia perceber agora a aba da sobrecasaca puída que balançava contra o marco da porta; mas ao deixar o lugar em que se encontrava a fim de ir embora, viu a seus pés uma carta que acabara de cair e adivinhou que deveria pertencer ao desconhecido, ao vê-lo enfiar de volta no bolso um lenço de mão que acabara de usar. O oficial, depois de pegar a carta com a inocente intenção de devolvê-la, leu inadvertidamente o endereço:

Ao sinhor
Sinhor Ferragusse,
Rue des Grans-Augustains, na esqina da Rue Soly,
Paris

A carta não trazia lacre, e o endereço impediu *monsieur* de Maulincour de entregá-la: não existe paixão que não se torne um pouco desonesta com o decorrer do tempo. O barão sentiu imediatamente um pressentimento de que aquele achado representava uma oportunidade inesperada; ao guardar subrepticiamente a carta, adquiria o direito de entrar naquela casa misteriosa com o objetivo de entregá-la a esse homem, não tendo a menor dúvida de que ele morava justamente na casa suspeita. E já sentia algumas desconfianças, vagas como o lusco-fusco das primeiras horas da manhã, que lhe permitiam estabelecer alguma espécie de relacionamento entre esse indivíduo e madame Jules. Os namorados ciumentos supõem tudo; e é supondo tudo, mas escolhendo as conjecturas mais prováveis, que os juízes, os espiões, os apaixonados e os observadores acabam por adivinhar a verdade que mais lhes interessa.

– É para ele esta carta? Será que foi mandada por madame Jules?

Sua imaginação inquieta lhe sugeriu mil questões ao mesmo tempo; mas ele começou a sorrir desde que leu as primeiras páginas da carta. Aqui vai transcrita textualmente, no esplendor de suas frases ingênuas, na sua péssima gramática e ortografia ainda pior, a referida carta, a cujo texto é impossível adicionar qualquer comentário, da qual não será preciso retirar nada, a não ser que se elimine a carta inteira, embora tenha sido necessário acrescentar a pontuação para que se consiga entendê-la. No original, não havia vírgulas, nem qualquer outra indicação de pausas, sequer um ponto de exclamação solitário, um fato que tenderia a contradizer todo o sistema de pontuação com o qual os autores modernos têm procurado pintar os grandes desastres de todas as paixões:

"Henry!

Dentre o número de sacrifíssios que me impusse por sua causa sincontrava aquele de não te dar mais notícias minhas, mas uma vóis irresistível miordenou te fazer conhiecer os vossos crimes para com migo. Vou dizendo de avanço que sua arma em durecida no vício não se diguinará a me lastimar. Seu coração é çurdo à censibilidade. Ele não é çurdo aos gritos da natureza, mas pouco importa. Eu tenho que aprender até que ponto vossê é curpado e o orror da posição em que me feiz cair. Henry, tu sabia todo isso que eu sufri, só pur causa da minha premera falta e memo ansim tu pode me guiá na mema infelissidade de novo e me abandoná ao meu desespero e a minha dor. Sim, eu com fesso, a crensa que eu tinha de ter sido amada e estimada pur vossê me tinha dado a coraje de suportar minha sorte. Mas hoje que me resta de isso? Vossê me feiz perder tudo isso que eu tinha de mais querido, tudo que me pregava na vida: meus pais, meus amigos, minha onra, minha reputassão, tudo eu fis um sacrifíssio pra vossê e só me restou o opórbio, a vergonha e digo sem nem ficar vermêlia, a mizéria. Só fartava para minha infelissidade a serteza de que vossê me despreza e que tem ódio de mim. Agora que eu tenho ela, averei de ter também a coraje que meu projeto me egige. Meu partido está tomado e a onra de minha família me comanda. Eu vou por tanto meter um fim nos meus çofrimento. Não fassa nenhuma reflequissão sobre meu projeto, Henry. É orrível, eu sei, mas é minha cituassão que me forsa a fazer isso. Sem ninguém que me socorra, sem ninguém que me çustente, sem nem um amigo pra me consolar, como é que eu poço viver? Não, foi a má sorte que já me feiz dessidir. Ansim, daqui a dois dias, Henry, daqui a dois dias Ida não cerá mais diguina de sua istima, mais receba o juramento que te fasso de estar com minha com ciência tranquila, porque nunca deichei de ser diguina de vossa amizade. Ó Henry, meu amigo, porque eu não mudarei jamais pra ti, promete que vai me perdoar pela carreira que vou ceguir. É o meu amor memo que vai me dar coraje e vai me protejer pra que eu siga çendo virtuoza. Meu coração além disso está cheio da tua imajim e cerá pra mim um preservativo contra a cedussão. Não te esquessa nunca que o meu destino foi vossê que feiz e veja quem é que devia de ser jurgado por isso e de quem são as curpa. Pessa aos céus pra não ser punido pelos crimes que tu memo cometeu. Eu mema pesso o teu perdão de joeios pra Deus, porque eu sei que ao menos Ele não vai aumentar as minhas tristeza com a dor de saber que tu é infeliz e está sendo castigado por Ele. Apesar do desenlasse da minha tragédia em que mincontro, vou recuzar qualquer espéssie de socorro que tu poça querer me dar. Se vossê me tiveçe amado de vredade, eu podia receber teu aussilho como prova diamizade, mas um benefíssio que me fassa por piedade minha arma te devorve, porque seria mais canalha em ressebelo do que aquele que me propuzece me mandar ele. Ainda ansim tenho um pedido pra lê fazer. Não sei quanto tempo mais vou permanecê na casa de madame Meynardie, entonce me fassa a jenerosidade de não me aparesser por lá na minha frente. Vossas duas urtimas visita me fizero um mal que vou centir por muito tempo. Eu nem quero mais falá dos detálies de sua conduita a esse respeito. Vossê me odeia e essas palavra está gravada no meu coração e deichou ele jelado de medo. Ai de mim, logo no momento em que eu perciso de toda a minha coraje, que todas as minhas facurdade me abandona! Henry, meu amigo, antes que eu ponha uma barrera de veiz entre nóis me dá uma úrtima prova de sua estima: miscreve, miarresponde, me dis que tu mestima ainda memo que não me ame mais. A pezar de que meus olho serão sempre diguinos dos teu, eu não estou pedindo uma entrevista, porque tenho muito medo da minha fraqueza e do meu amor. Mas purfavor miscreve uma palavra enseguida pra me dar coraje pra suportar todas as minhas adiverssidade. Adeus, hautor de todos os meus male, mas o único amigo que meu coração escolieu e que não vai sisquesser nunca.

IDA."

A vida de mocinha pobre cujo amor foi enganado, cujas alegrias lhe foram funestas, cujas dores, miséria e indescritível resignação estavam resumidas em tão poucas palavras; o poema desconhecido, mas essencialmente parisiense, escrito nas folhas sujas daquela carta, agiram por um momento sobre a alma de *monsieur* de Maulincour, que acabou por indagar de si mesmo se a tal "Ida" não seria parente de madame Jules e se a visita daquela tarde, de que fora testemunha involuntária, não teria sido o simples resultado de um ato de caridade. Mas como aquele mendigo velho poderia ser o sedutor de Ida?... Essa sedução parecia um estranho prodígio. Mergulhado no labirinto de reflexões que se entrecruzavam e se destruíam mutuamente, o barão chegou às proximidades da Rue Pagevin, onde avistou um fiacre estacionado no final da Rue des Vieux-Augustins, do lado que dá para a Rue Montmartre. Todas as carruagens de aluguel despertavam nele a mesma interrogação: "Será que ela está ali?". Foi o que pensou novamente, e seu coração começou a bater em palpitações cálidas e violentas, como as de alguém que sente febre. Empurrou a portinha da casa, que tinha do lado de dentro um pingente de guizos, enquanto se sentia obrigado a baixar a cabeça em obediência a uma espécie de vergonha, porque escutava em seu coração uma voz secreta, que o reprovava: "Por que você está se intrometendo nesse mistério?..."

Subiu alguns degraus e encontrou-se frente a frente com a velha porteira.

– *Monsieur* Ferragus está?...

– Não sei quem é...

– Como não? *Monsieur* Ferragus não mora aqui?

– Não tem ninguém com esse nome na casa.

– Mas, minha boa senhora...

– Não sou sua boa senhora, cavalheiro, sou só a porteira.

– Acontece, minha senhora – recomeçou o barão – que eu tenho uma carta para devolver a *monsieur* Ferragus...

– Ah, bom!... Se o senhor traz uma carta – disse ela, mudando completamente de tom –, então o caso muda de figura. O senhor quer me fazer o favor de mostrar a carta?

Auguste mostrou a carta, mas dobrada. A velha sacudiu a cabeça, com ar de dúvida, hesitou, pareceu querer deixar a portaria e ir consultar por um momento o misterioso Ferragus sobre o que deveria fazer com relação àquele incidente imprevisto. Então falou:

– Tá bom... Sobe então, cavalheiro. Decerto o senhor sabe onde é...

Sem responder a essa frase, através da qual a velha ardilosa evidentemente poderia estar a armar algo, o oficial subiu rapidamente as escadas e bateu com força na porta do segundo andar. Todos os seus instintos de apaixonado lhe diziam: "Ela está aqui!...".

O desconhecido do portão coberto, Ferragus, o "curpado" dos males de Ida, abriu a porta pessoalmente. Apareceu vestindo um chambre florido, calças de flanela branca, os pés calçados em alegres pantufas de tecido grosso e o rosto barbeado e limpo. Madame Jules, cuja cabeça surgira ao lado do marco da segunda porta, empalideceu e caiu em uma poltrona.

– Mas o que tem, senhora? – gritou o oficial, pretendendo dirigir-se até ela.

Mas Ferragus estendeu o braço e empurrou o oficial rapidamente para trás, com um movimento tão violento que Auguste teve a impressão de haver recebido no peito o golpe de uma barra de ferro.

– Para trás, senhor! – gritou o homem. – O que quer conosco? Já faz cinco ou seis dias que o senhor está rondando o bairro. É espião da polícia?

– O senhor é *monsieur* Ferragus? – quis saber o barão.

– Não, não sou.

– Bem, não tem importância – retornou Auguste. – Eu vim aqui para lhe entregar esta carta que o senhor perdeu na última chuva, no portão daquela casa em que nós dois nos abrigamos.

Enquanto falava e estendia a carta ao homem, o barão não pôde deixar de relançar os olhos ao redor da peça em que o recebia Ferragus. O cômodo estava muito bem mobiliado, embora com simplicidade. Havia fogo em uma lareira; junto dela havia uma mesa servida muito mais suntuosamente do que seria de esperar a situação de miséria aparente e a mediocridade de sua residência. Finalmente, sobre um sofá que divisou na segunda peça, percebeu uma pilha de moedas de ouro e escutou um ruído que só poderia ser causado pelo choro de uma mulher.

– Sim, esse papel me pertence e agradeço pelo incômodo a que se deu – disse o homem, porém tomando uma atitude corporal que dava a entender claramente ao barão que queria vê-lo pelas costas o mais depressa possível.

Curioso demais para perceber o olhar perscrutador que o examinava, Auguste sequer viu os lampejos fulminantes de fúria, magnéticos como relâmpagos, com os quais o desconhecido parecia querer devorá-lo. Caso tivesse fitado esses olhos de basilisco,[23] teria compreendido até que ponto sua posição era perigosa. Apaixonado demais para pensar em si mesmo, Auguste despediu-se, desceu as escadas e voltou para sua própria casa, tentando descobrir algum sentido na união destas três pessoas: Ida, Ferragus e madame Jules, uma ocupação que, moralmente, equivalia a querer encaixar os pedaços de madeira com duas pontas de um quebra-cabeça chinês sem conhecer as regras do jogo. Mas estava claro que madame Jules o havia visto, que madame Jules costumava ir lá e que madame Jules havia mentido. Maulincour decidiu fazer uma visita à mulher no dia seguinte, dentro das circunstâncias ela não poderia recusar-se a recebê-lo, era como se fossem cúmplices, porque ele já estava enfiado de pés e mãos dentro daquela tenebrosa intriga. Ele já se sentia como um sultão, com

---

23. Réptil mitológico, cujo olhar matava quem o fitasse, que diziam nascer de um ovo de galo que fosse quebrado por um sapo. (N.T.)

o direito de exigir imperiosamente de madame Jules que revelasse todos os seus segredos.

Essa era uma época em que Paris estava atravessando um período febril de construções. Se Paris é um monstro, então, sem sombra de dúvida, é o mais maníaco dos monstros. Deixa-se levar por mil fantasias: ora constrói como um grão-senhor que gosta de segurar pessoalmente uma trolha; depois, deixa as ferramentas de lado e torna-se militar; veste-se da cabeça aos pés com o uniforme da Guarda Nacional, faz ordem unida e depois fuma seu longo cachimbo; de repente, abandona os exercícios militares e joga fora cachimbo e charuto; a seguir se desespera, abre falência, vende seus móveis na Place du Châtelet e encerra o balanço da firma; poucos dias depois, prospera em um novo negócio, dá festas e dança. Um dia, come açúcar de beterraba a mãos cheias, enchendo a boca; em outro comprará resmas de papel Weynen;[24] hoje tem dor de dente e aplica um antisséptico bucal em todas as gengivas; amanhã adquire uma vasta provisão de pastilhas para o peito. Tem manias para cada mês, para cada estação, para cada ano, sem contar as manias que duram somente um dia. Nesse período, então, todo mundo construía e demolia alguma coisa, não importa o quê. Havia muito poucas ruas em que não estivessem erguidos andaimes de caibros longos, com ripas atravessadas, sobre as quais colocavam tábuas largas, fixadas de andar em andar por parafusos: construções frágeis sacudidas a cada passo dos operários, mas sustentadas por laços de corda amarrados de longe em longe, suas pranchas frouxas e equilibradas cobertas de manchas de cal e de reboco, quase sem proteção contra as batidas das carruagens, salvo cercas de tábuas finas como aquelas que escondem os monumentos que nunca se termina de

---

24. Timothée-Louis-Gomer Weynen (1781-1849), comerciante belga, estabelecido em Paris, onde fabricava e vendia livros de contabilidade, agendas e, sobretudo, papéis. (N.T.)

construir. Há alguma coisa de marítimo nesses mastros, nessas escadas, nesses cordames, nesses gritos de pedreiros. Ora, a uns doze passos da mansão de Maulincour, havia sido erigido um desses edifícios efêmeros diante de uma casa que estava sendo construída com pedras de cantaria. No dia seguinte, no momento em que o barão de Maulincour passava em seu cabriolé[25] diante desse verdadeiro cadafalso, a fim de dirigir-se à casa de madame Jules, um paralelepípedo de sessenta por sessenta, que já estava chegando ao alto das vigas, escapou dos laços das cordas que o haviam içado até essa altura, dando uma volta em torno de si mesmo e caindo sobre o lacaio que estava em pé atrás da carruagem, esmagando o infeliz contra o pavimento. Um grito de pavor fez tremer tanto o andaime como os pedreiros nele encarapitados; um deles, em perigo de morte, mal conseguia agarrar-se às longas varas verticais e parecia ter sido ferido pela queda da pedra. Imediatamente reuniu-se uma multidão. Todos os pedreiros desceram aos gritos, praguejando e dizendo que era o cabriolé de *monsieur* de Maulincour que havia batido em sua plataforma e fizera oscilar o guindaste. A cabeça do jovem oficial só deixou de ser esmagada pela pedra por uma questão de duas polegadas. Mas seu lacaio estava morto e a viatura, quebrada. Foi um acontecimento no quarteirão, e até os jornais deram a notícia do acidente. *Monsieur* de Maulincour, que tinha certeza de que seu cabriolé não tocara a cerca, que dirá o guindaste, deu queixa na polícia. A justiça interveio. Foi feito inquérito e ficou provado que havia um rapazinho encarregado de montar guarda, que ficava com um pedaço de ripa na mão, avisando aos carros para passarem ao largo. O assunto acabou por aí mesmo. *Monsieur* de Maulincour, fosse por causa da morte de seu criado, fosse pelo terror que havia sentido, guardou o leito por alguns dias, mesmo

---

25. Carruagem leve para dois ou três passageiros, com duas rodas e puxada por um só cavalo. (N.T.)

porque a traseira do veículo, ao quebrar-se, causara contusões nas suas costas; além disso, sentira um abalo nervoso por causa do choque e acabara com febre. Desse modo, não chegou a ir à casa de madame Jules.

Dez dias após esse acontecimento, no primeiro dia em que saiu de casa, dirigiu-se até o Bois de Boulogne em seu cabriolé restaurado e, quando descia a Rue de Bourgogne, bem no lugar em que fica o escoamento das águas pluviais, em frente à Câmara dos Deputados, o eixo da carruagem partiu-se exatamente pelo meio e, como o barão corria muito rápido, essa quebra fez com que as duas rodas se soltassem e fossem lançadas para cima, batendo uma contra a outra com violência suficiente para lhe rebentar a cabeça, caso fosse atingida; mas foi salvo novamente, pela resistência da capota do veículo. Porém, recebeu um ferimento sério em um dos lados. Pela segunda vez em dez dias, foi transportado em estado grave para a casa de sua velha avó desesperada. Este segundo acidente lhe causou uma certa desconfiança, e ele pensou, um tanto vagamente, em Ferragus e em madame Jules. Para testar suas suspeitas, guardou os pedaços quebrados do eixo em seu próprio quarto e mandou chamar o fabricante. O carroceiro veio, examinou o eixo, verificou a rachadura e demonstrou duas coisas a *monsieur* de Maulincour. Em primeiro lugar, aquele eixo não saíra de suas oficinas: ele não liberava nenhum veículo sem um eixo em que, como garantia, suas próprias iniciais eram gravadas a mão, um tanto grosseiramente, mas fáceis de ver; não tinha a menor ideia de como aquele eixo havia sido substituído pelo original. Em segundo lugar, a fratura do eixo não era acidental; tinha sido provocada por uma perfuração através da qual a parte de dentro da madeira fora esvaziada por meio de puas e verrumas; depois o furo exterior tinha sido disfarçado com serragem misturada com cola, um trabalho realmente muito bem-executado.

– Olhe, sr. barão, quem fez isso é realmente muito esperto – disse ele. – Foi necessária muita habilidade para preparar um eixo desse jeito; olhando por fora, parecia perfeitamente são...

Monsieur de Maulincour pediu ao fabricante de carruagens que mantivesse segredo e nada dissesse a respeito da verdadeira razão de sua aventura e se deu por avisado. Aquelas duas tentativas de assassinato tinham sido realizadas com tal destreza que denunciavam a inimizade de gente bastante inteligente ou, pelo menos, bastante esperta.

"Então é guerra, e guerra de morte", pensou consigo mesmo, enquanto se agitava na cama. É uma guerra de selvagens, uma guerra de surpresa, de emboscadas, de traições, muito certamente uma guerra que foi declarada em nome de madame Jules. A que homem pertence ela então? Qual é o poder de que dispõe esse estranho Ferragus?

Finalmente, *monsieur* de Maulincour, ainda que fosse um militar corajoso, não pôde deixar de tremer. No meio de todos os pensamentos que o assaltavam, havia um contra o qual se sentia sem defesa e sem coragem: quem sabe seus inimigos secretos não empregariam a seguir algum veneno contra ele? Imediatamente, dominado pelo terror que sua fraqueza momentânea lhe inspirava e que a dieta forçada e a febre aumentavam ainda mais, ele mandou buscar uma velha que estava há muito tempo a serviço de sua avó, a qual também sentia por ele um desses sentimentos meio maternais, os mais elevados que podem sentir os servos pelos patrões. Sem se explicar com clareza, ele a encarregou de comprar secretamente, cada dia em um lugar diferente, os alimentos que lhe seriam necessários, recomendando a ela que os conservasse debaixo de chave e que lhe trouxesse as refeições pessoalmente, sem permitir a quem quer que fosse que se aproximasse enquanto ela estava lhe fazendo os pratos. Em suma, tomou as precauções mais necessárias para se garantir contra aquele gênero de morte. Afinal de contas, encontrava-se acamado, sozinho e doente; podia portanto pensar à vontade nos meios para defender sua vida, a única necessidade clarividente o bastante para fazer com que o egoísmo humano não se esqueça de nada. Acontece, porém, que o infeliz doente tinha envenenado a própria vida pelo medo e, apesar de todas as suas precauções, a suspeita tingia todas as suas horas de tons sombrios. Entretanto, as duas lições de assassinato ensinaram a ele uma das virtudes mais necessárias aos políticos, fizeram com que ele compreendesse a alta dissimulação de que é preciso lançar mão para alcançar sucesso no grande jogo dos interesses vitais. Calar um segredo não é nada; mas calar-se de antemão, saber esquecer um fato durante trinta anos, se preciso for, como o fazia Ali Pachá,[26] a fim de garantir a realização de uma vingança meditada também durante esses trinta anos, é um belo exercício em um país em que muito poucos homens sabem dissimular durante trinta dias. E durante todo esse tempo, *monsieur* de Maulincour só vivia para madame Jules. Conservava-se perpetuamente ocupado em examinar seriamente os meios que poderia empregar naquela luta misteriosa para triunfar sobre adversários desconhecidos. Sua paixão secreta por essa mulher tanto mais aumentava quanto maiores eram os obstáculos que se lhe antepunham. Madame Jules permanecia sempre erguida, o ponto central de todos os seus pensamentos, o núcleo de seu coração, mais atraente agora por seus vícios presumidos do que pelas virtudes certas que anteriormente a haviam transformado em seu ídolo.

O doente, querendo fazer um reconhecimento das posições de seus inimigos, acreditou não haver perigo em contar ao velho administrador do bispado os segredos de sua situação. O comendador amava Auguste como um pai

---

26. Governador turco da Albânia, Ali al-Telepeni ou al-Teleben (1741-1822), usava o título de Pachá de Janina e celebrizou-se por suas crueldades contra os cristãos. (N.T.)

ama os filhos de sua esposa; era arguto, hábil e cheio de diplomacia. Desse modo, assim que foi chamado, foi escutar o barão; sacudiu a cabeça pesarosamente e os dois conversaram longamente sobre o assunto. O bom administrador não partilhava da confiança de seu jovem amigo quando este disse que, na época em que viviam, a polícia e os funcionários administrativos tinham condições de desvendar todos os mistérios e que, se fosse necessário recorrer a eles, encontrariam facilmente poderosos auxiliares.

O velho respondeu com gravidade:

– A polícia, meu caro menino, é justamente a corporação mais ineficiente do mundo e a administração pública a mais fraca das organizações no que se refere ao conhecimento das questões privadas. Nem a polícia nem os governantes sabem ler no fundo dos corações. A única coisa que se pode racionalmente pedir a eles é que investiguem as causas de um determinado fato. Ora, tanto o poder público como a polícia são perfeitamente inadequados justamente para isso: acima de tudo, não têm aquele interesse pessoal que revela tudo a quem tem necessidade de saber tudo. Nenhum poder humano pode impedir um assassino ou um envenenador de chegar ao coração de um príncipe ou ao estômago de um homem honesto. Os criminosos determinados por suas próprias paixões burlam a polícia com a maior facilidade.

O comendador aconselhou muito seriamente ao barão que fosse viajar, que fosse para a Itália, da Itália para a Grécia, da Grécia para a Síria, da Síria para o interior da Ásia e que só retornasse depois que tivesse convencido seus inimigos secretos de que estava arrependido de sua curiosidade indiscreta, fazendo assim tacitamente as pazes com eles; ou então conservar-se sempre em casa, melhor ainda, encerrar-se em seu quarto, onde poderia entrincheirar-se contra os golpes desse Ferragus, preparar-se bem e só sair quando pudesse esmagá-lo com toda a segurança.

– Não se deve atacar o inimigo, a não ser que se esteja preparado para cortar-lhe a cabeça – disse o administrador, gravemente.

Entretanto, o velhote prometeu a seu querido rapaz empregar tudo quanto o céu lhe havia dado em forma de astúcia e diplomacia para empreender o reconhecimento do campo inimigo, sem comprometer a segurança de ninguém e depois lhe apresentar um relatório e traçar a estratégia para a vitória. O comendador contava com um velho "fígaro",[27] um habilidoso barbeiro aposentado, o macaco mais esperto que jamais havia encarnado em figura de gente, tão ardiloso quanto um diabo empenhado em roubar uma alma, capaz de forçar seu corpo a esforços e engenhosidade mais insistentes que os de um prisioneiro que quer abrir um túnel, tão ladino como um ladrão, tão sutil como uma mulher, mas cujo gênio decaíra por falta de ocasião para exercê-lo depois da nova constituição da sociedade parisiense, que colocou fora de moda os lacaios da comédia. Esse verdadeiro Scapin,[28] por mais que fosse um emérito farsante, era dedicado a seu patrono como se este fosse um ser de uma raça superior; mas o esperto administrador acrescentava todos os anos como bônus ao salário desse seu antigo alcoviteiro uma soma bastante elevada, uma atenção que corroborava a amizade sincera através dos liames do interesse e rendia ao velho comendador atenções mais cuidadosas do que aquelas que a amante mais afetuosa saberia inventar quando seu namorado estivesse enfermo. Foi a essa pérola dos velhos lacaios das peças teatrais, a esse sobrevivente ainda robusto das intrigas do século XVIII, um auxiliar incorruptível,

---

27. Alusão ao Barbeiro de Sevilha, o faz-tudo da peça teatral de Pierre-Augustin-Caron de Beaumarchais (1732-1799); àquela altura a ópera homônima de Gioacchino Antonio Rossini (1792-1868) ainda não havia sido composta. (N.T.)

28. Personagem fictício da *Commedia dell'Arte* italiana, Scapin participou de muitas peças teatrais francesas, particularmente de Molière (1622-1673). (N.T.)

porque não tinha paixões pessoais a satisfazer, que se dirigiu o velho comendador, e em seus bons ofícios se fiaram tanto ele como o *monsieur* de Maulincour.

– O senhor barão estragaria tudo – disse esse intrigante dos intrigantes, o mais distinto de todos os que jamais usaram uma libré, quando foi convocado para participar do conselho de guerra. – O cavalheiro coma, beba e durma tranquilamente, sem a menor preocupação. Pode deixar que eu me encarrego de tudo...

De fato, oito dias depois da conferência, no momento em que *monsieur* de Maulincour, completamente curado de suas indisposições, jantava com sua avó e o administrador do bispado, lá chegou Justin, o velho barbeiro, para apresentar seu relatório. Depois, com a falsa modéstia que pretendem possuir os homens de talento, ele relatou, tão logo a velha viúva retirou-se para seus próprios aposentos:

– Ferragus, naturalmente, não é o nome do inimigo que persegue o sr. barão. Esse homem, ou esse diabo, chama-se Bourignard, alternadamente Gratien, Henri, Victor ou Jean-Joseph Bourignard... Pois esse senhor Gratien Bourignard é um antigo mestre de obras, que em tempos chegou a ser muito rico e, além disso, quando era moço, um dos rapazes mais bonitos de Paris, um Lovelace[29] capaz de seduzir o próprio Grandisson. Mas não terminam aqui minhas informações. Ele começou como um simples operário, mas no devido tempo acabou sendo eleito chefe dos Companheiros da Ordem dos Devoradores, recebendo a alcunha de Ferragus XXIII. A polícia deveria saber disso, se é que a polícia é capaz de descobrir alguma coisa. O homem mudou-se, não mora mais na Rue des Vieux-Augustins, mas alugou um alojamento na Rue Joquelet. Madame Jules Desmarets continua a ir vê-lo com frequência. Muitas vezes o marido, quando vai à Bolsa, a

---

29. Personagem fictício de Richardson, infame sedutor de Clarissa Harlowe, no romance de mesmo nome. Ver também nota da página 41. (N.T.)

deixa na Rue Vivienne, ou então é ela que deixa o marido na Bolsa e vai depois dar suas voltas. O sr. administrador conhece demasiado bem essas coisas para exigir que eu lhe diga se é o marido que leva a mulher ou se é a mulher que leva o marido; mas madame Jules é tão linda que eu apostaria nela. Bem, todos esses detalhes são positivamente certos, do primeiro ao último. Bourignard, além disso, joga muitas vezes na loteria, sempre no número 129. Com todo o respeito, cavalheiro, ele não passa de um espertalhão que ama as mulheres e faz-se passar diante delas como se fosse um homem de boa posição social. De fato, volta e meia ele ganha na loteria, disfarça-se tão bem quanto um ator de teatro, põe a máscara que quer, simula ser uma porção de coisas e leva a vida mais original do mundo. Não duvido mesmo que tenha vários domicílios, porque muitas vezes já conseguiu escapar daquilo que o senhor comendador gosta de chamar de *investigações parlamentares*. Se o cavalheiro deseja, considerando seus hábitos um tanto arriscados, poderemos facilmente nos desfazer dele honradamente. Sempre é fácil a gente se desembaraçar de um homem que gosta de mulheres. Enquanto isto se passa, esse capitalista já está falando em se mudar de novo. Pois bem, o senhor administrador e o senhor barão têm alguma ordem para me dar?

– Justin, estou plenamente satisfeito com os resultados que nos trouxe; não faça mais nada sem receber novas ordens; mas continue a cuidar desta casa, de modo que o senhor barão não tenha nada a temer.

Depois que o fiel barbeiro se retirou, o administrador do bispado recomeçou a falar:

– Meu caro menino, recomece a vida e esqueça essa tal de madame Jules.

– Ah, não mesmo! – disse Auguste. – Não sou eu que vou ceder o lugar a Gratien Bourignard; quero vê-lo de pés e mãos atados. E madame Jules também.

Naquela mesma noite, o barão Auguste de Maulincour, recentemente promovido à graduação superior de uma companhia da Guarda Pessoal, dirigiu-se ao baile oferecido pela sra. duquesa de Berry,[30] no *Elysée-Bourbon*. Certamente em um lugar tão público não haveria razão para temer qualquer perigo. O barão de Maulincour saiu de lá, entretanto, com um assunto de honra a resolver, um assunto que fora impossível resolver por bem. Seu adversário, o marquês de Ronquerolles, tinha fortes razões para se queixar de Auguste, o qual, para falar a verdade, havia dado a ele motivos de queixa em virtude de sua antiga ligação com a irmã de *monsieur* de Ronquerolles, a condessa de Sérizy.[31] Ela era justamente a dama que não amava o romantismo alemão, mas ao mesmo tempo era extremamente exigente nos mínimos detalhes referentes ao papel de pudica que assumira perante a sociedade. Por uma dessas fatalidades inexplicáveis, Auguste fez uma brincadeira inocente com ela, porém madame de Sérizy recebeu o gracejo muito mal, foi queixar-se ao irmão e este assumiu a ofensa. A explicação entre os dois ocorreu em um canto do salão, em voz baixa. Sendo homens educados, os dois adversários não deram razão para o menor escândalo. Foi apenas no dia seguinte que a sociedade do Faubourg Saint-Honoré, do Faubourg Saint-Germain e do palácio real ficou sabendo do desentendimento e se pôs a comentar sobre ele. Madame de Sérizy foi calorosamente defendida e todos consideraram Maulincour como o único culpado.

---

30. Marie-Caroline-Ferdinande-Louise de Bourbon, duquesa de Berry, princesa das Duas Sicílias (1798-1870), filha de François I de Nápoles. O Palácio *Élysée-Bourbon* é atualmente a residência oficial do presidente da República Francesa. (N.T.)

31. Dois personagens criados por Balzac. O marquês de Ronquerolles é mencionado pela primeira vez em uma história localizada em 1815 e ainda vive em 1841; sua irmã, Clara-Léontine de Ronquerolles, condessa Hugret de Sérisy ou Sérizy, nasce em 1785 e ainda vive em 1843. Embora se fizesse passar por puritana, era frequentemente infiel ao marido. (N.T.)

Personagens augustas intervieram. Testemunhas da mais alta distinção foram praticamente impostas a *monsieur* de Maulincour e a *monsieur* de Ronquerolles, mas foram igualmente tomadas todas as precauções no local escolhido para o duelo a fim de que nenhum dos adversários fosse morto. Ao defrontar-se com seu oponente, um homem da melhor sociedade e de quem ninguém poderia dizer que não tivesse sentimentos de honra, Auguste, por maior que fosse sua desconfiança, não podia ver nele um instrumento de Ferragus, o chefe da quadrilha dos Devoradores; mesmo assim, sentiu uma necessidade secreta de obedecer a pressentimentos quase inexplicáveis e questionar os verdadeiros motivos do marquês.

– Cavalheiros – disse ele às testemunhas –, não me recuso de forma alguma a receber uma bala de *monsieur* de Ronquerolles; mas, de antemão, declaro que agi mal, que não tenho razão e que apresentarei a ele as desculpas que exigir de mim, em particular ou em público, caso assim ele deseje, porque, em se tratando da honra de uma mulher, nada, assim creio, pode desonrar um gentil-homem. Apelo, portanto, para sua razão e para sua generosidade, indagando se não é um pouco tolo da nossa parte nos batermos quando aquele que tem razão e direito pode acabar sendo justamente o que vai sucumbir...?

Monsieur de Ronquerolles não admitiu esse modo de terminar a contenda, e assim o barão, com suas suspeitas ainda mais aguçadas, aproximou-se do adversário.

– Tudo bem, senhor marquês – interpelou-o. – Dê-me agora, diante de todos estes cavalheiros, sua palavra de fidalgo de que não existe para este duelo nenhuma outra razão de vingança que não seja aquela que foi alegada publicamente.

– Cavalheiro, isso não é pergunta que se faça.

Monsieur de Ronquerolles foi colocar-se no lugar que os padrinhos haviam determinado. Fora convencionado de antemão que os dois opositores se contentariam em disparar um único tiro de pistola cada um. *Monsieur* de Ronquerolles, apesar da distância determinada que parecia tornar muito problemática a possibilidade da morte de *monsieur* de Maulincour, para não dizer impossível, mirou tão bem que derrubou o barão. A bala atravessou entre duas costelas, dois dedos abaixo do coração, mas por sorte não lhe provocou nenhuma lesão mais grave.

– O senhor mirou bem demais, cavalheiro – disse o oficial da guarda –, para somente querer vingar paixões mortas há tanto tempo.

Monsieur de Ronquerolles acreditava que Auguste morreria em breve e não conseguiu evitar um sorriso sardônico ao escutar aquelas palavras.

– A irmã de Júlio César, cavalheiro, não pode ser alvo de suspeitas.[32]

– Tudo isso é por causa de madame Jules – respondeu Auguste.

E desmaiou, sem poder expressar uma zombaria mordaz que lhe passou pela cabeça mas expirou em seus lábios; seja como for, embora tivesse perdido muito sangue, o ferimento não oferecia perigo de vida. Depois de uma quinzena no leito, durante a qual a avó viúva e o administrador do bispado lhe prodigalizaram todos esses cuidados que parentes velhos têm por um ente querido, aquele tipo de cuidados de que somente uma longa experiência de vida ensina os segredos, certa manhã sua avó trouxe a ele más notícias. Ela se abriu com ele e revelou as angústias mortais que estavam amargurando os últimos dias de sua velhice. Ela recebera uma carta, assinada somente com a letra F, na

---

32. Alusão à frase de Júlio César sobre sua esposa acusada de adultério, de quem se divorciou, embora soubesse que ela era inocente. Ao falar na irmã de Júlio César, Ronquerolles confessava ao ferido o verdadeiro motivo desse duelo que não deveria em absoluto ter sido mortal. Em outra parte de *A comédia humana* se explica que ele foi chantageado a essa atitude em função de dívidas, provavelmente de jogo. (N.T.)

qual a história da espionagem a que se rebaixara seu neto era descrita ponto por ponto. Ao longo da carta, uma série de ações reprováveis e indignas de um homem de honra eram atribuídas a *monsieur* de Maulincour. Afirmava-se na carta que ele havia colocado uma velhota na Rue de Ménard, justamente no ponto de carruagens de aluguel, que era de fato uma velha bisbilhoteira que ele contratara como espiã, a qual, sob o pretexto de vender aos cocheiros a água de seus tonéis, estava de fato encarregada de espionar as idas e vindas de madame Jules Desmarets. E não fora só isso: ele havia pessoalmente espionado o homem mais inofensivo deste mundo a fim de descobrir todos os seus segredos, quando era desses segredos que dependiam a vida ou a morte de três pessoas. Fora ele que iniciara a luta impiedosa na qual, tendo já sido ferido três vezes, acabaria inevitavelmente por sucumbir, porque sua morte fora jurada e seria procurada por todos os meios à disposição dos seres humanos. Além do mais, *monsieur* de Maulincour não poderia mesmo evitar esse destino, sequer se jurasse respeitar a vida dessas três pessoas misteriosas, porque era impossível acreditar na palavra de um cavalheiro capaz de descer tão baixo quanto os agentes da polícia, somente para perturbar, sem a menor razão ou justificativa, a vida de uma mulher inocente e de um velho respeitável. A carta não teve o menor efeito sobre Auguste em comparação com as ternas reprovações que lhe proferiu a baronesa de Maulincour. Faltar ao respeito com uma mulher, trair sua confiança, espioná-la sem ter o menor direito!... E quem nos dava sequer o direito de espionar uma mulher que nos ama? E prosseguiu em uma torrente de excelentes raciocínios, com uma série ininterrupta de argumentos que nada provam e que acabaram por levar o jovem barão, pela primeira vez em sua vida, a sentir uma tremenda cólera, um desses sentimentos que dominam totalmente um ser humano e nos quais germinam e finalmente são provocadas as mais decisivas ações da vida.

– Já que este é um duelo de morte – acabou por concluir –, devo matar meu inimigo por quaisquer meios que tenha à minha disposição.

Em seguida, o comendador foi procurar, como representante de *monsieur* de Maulincour, o comissário da polícia civil de Paris e relatou-lhe aquela aventura, tomando o cuidado de não misturar nela nem o nome nem a pessoa de madame Jules, embora ela fosse o nó secreto de toda a trama, dando-lhe parte dos temores que causara à família Maulincour aquele personagem desconhecido, mas atrevido o bastante para jurar de morte um oficial da Guarda Real, sem se importar nem com a lei, nem com a polícia. O comissário da polícia civil demonstrou bastante surpresa, levantou um pouco seus óculos de lentes verdes para contemplar melhor seu interlocutor, tirou um lenço do bolso e assoou o nariz duas ou três vezes, oferecendo a seguir uma pitada de rapé ao administrador do bispado que, por uma questão de dignidade pessoal, fingiu que não usava a substância, embora alguns traços de poeira de rapé fossem visíveis logo abaixo de seu nariz. A seguir, o subchefe da polícia foi chamado, tomou as anotações que lhe pareceram necessárias e prometeu que, com o auxílio de Vidocq[33] e dos homens de sua organização, faria um bom relatório sobre tal inimigo à família Maulincour, afirmando que, ademais, não existiam mistérios que a polícia de Paris não conseguisse deslindar. Alguns dias depois, o próprio comissário foi visitar o administrador do bispado na residência Maulincour, onde estava hospedado, encontrando o jovem barão perfeitamente recuperado de seu último ferimento. Logo a seguir, no melhor estilo da administração policial, apresentou-lhes seus agradecimentos pelas indicações que haviam feito a gentileza de transmitir a ele, passando a

---

33. François Vidocq (1775-1857), ex-assaltante francês que chegou a ser chefe da polícia de segurança parisiense. Serviu de modelo para o Vautrin de Balzac, seu contemporâneo, que o conheceu pessoalmente. (N.T.)

acrescentar que o tal de Bourignard estava condenado a vinte anos de trabalhos forçados, sentença que não cumprira porque havia escapado de maneira quase miraculosa durante sua transferência da prisão de Bicêtre para Toulon, de onde seria deportado para as colônias, mesmo estando preso a grilhões e encadeado aos demais criminosos. Já fazia treze anos que a polícia procurava infrutiferamente capturá-lo de novo, embora se soubesse que ele vivia em algum lugar de Paris, na maior tranquilidade, conseguindo evitar as investigações mais cuidadosas, ainda que também se soubesse perfeitamente que continuava envolvido em múltiplas intrigas tenebrosas. Em breve esse homem, cuja vida oferecia as particularidades mais curiosas, seria capturado em um de seus esconderijos e entregue à justiça. O burocrata terminou seu relatório oficial declarando a *monsieur* de Maulincour que, caso ele desse importância suficiente ao caso para querer testemunhar a captura de Bourignard, poderia ir no dia seguinte, às oito horas da manhã, à Rue Sainte-Foi, até uma casa cujo número lhe deu imediatamente. Todavia, *monsieur* de Maulincour dispensou-se de ir buscar esta certeza, confiando, com todo o sagrado respeito que a polícia inspira em Paris, na eficiência da administração. Três dias depois, não tendo lido nada nos jornais sobre a prisão, que muito certamente deveria despertar a curiosidade da reportagem e originar alguns artigos interessantes, *monsieur* de Maulincour começou a sentir uma certa inquietação, mas logo recebeu a seguinte carta, que dissipou suas dúvidas:

"Senhor barão:
"Tenho a honra de anunciar que o senhor não precisa mais sentir qualquer receio no que se refere ao assunto sobre o qual conversamos. O indivíduo chamado Gratien Bourignard, aliás Ferragus, faleceu ontem em seu domicílio, na Rue Joquelet, número 7. As suspeitas que poderíamos

alimentar sobre sua identidade foram plenamente destruídas pelos fatos. O médico da Delegacia Central de Polícia foi colaborar com o legista da Prefeitura de Paris e igualmente o chefe da Polícia de Segurança realizou todas as investigações necessárias para alcançar-se plena certeza. Quanto ao mais, a respeitabilidade das testemunhas que contra-assinaram o atestado de óbito e os depoimentos das pessoas que cuidaram do dito Bourignard em seus últimos dias, entre outros o do respeitável vigário da Igreja Bonne-Nouvelle, perante o qual ele fez sua última confissão ao tribunal da penitência, pois morreu como um bom-cristão, não nos permitiram conservar as menores dúvidas.

"Aceite, senhor barão, nossos protestos de estima e consideração etc."

Monsieur de Maulincour, a velha viúva e o administrador do bispado respiraram aliviados, sentindo um prazer indescritível. A boa mulher abraçou seu neto, deixando escorrer lágrimas pelas faces, e saiu para seus aposentos, a fim de agradecer a Deus em suas orações. A carinhosa avó, que rezara uma novena pela saúde e bem-estar de Auguste, julgou que suas preces haviam sido atendidas.

– Pois muito bem. – disse o comendador. – Acho que agora você já pode ir ao baile de que me falou, sem que eu tenha mais quaisquer objeções a apresentar.

Monsieur de Maulincour arrumou-se rapidamente, pois estava com pressa de ir ao tal baile, sobretudo porque imaginava que madame Jules deveria encontrar-se lá. A festa era dada pelo Prefeito do Departamento do Sena, no qual as duas sociedades de Paris, a do sangue nobre e a do ouro, encontravam-se pacificamente em terreno neutro. Mas Auguste percorreu os salões sem conseguir encontrar a mulher que exercia uma influência tão grande sobre sua vida. Entrou em uma saleta deserta, na qual diversas mesas de jogo aguardavam jogadores, sentou-se em um divã, dominado pelos pensamentos mais contraditórios sobre madame Jules. Um homem sentou-se a seu lado logo a seguir e segurou o braço do jovem oficial. O barão ficou estupefato ao reconhecer nele o miserável que encontrara na Rue Coquillière, o mesmo Ferragus de Ida, o morador da Rue Soly, o Bourignard investigado por Justin, o condenado a trabalhos forçados pela polícia, que deveria ter falecido na véspera.

– Senhor, não dê um grito, não diga uma palavra – disse Bourignard, cuja voz reconheceu perfeitamente, mas que certamente seria irreconhecível para qualquer outro. Estava vestido com a maior elegância, usava as insígnias da Ordem do Tosão de Ouro e uma condecoração na lapela.
– Cavalheiro – recomeçou ele, com uma voz que sibilava como a de uma hiena –, foi o senhor que justificou todas as minhas tentativas contra sua vida, colocando a polícia contra mim. O senhor tem de morrer, cavalheiro. É absolutamente necessário. Diga-me uma coisa: o senhor está apaixonado por madame Jules? Por acaso se julga amado por ela? Com que direito pretende perturbar-lhe a tranquilidade ou denegrir-lhe a virtude?

Nesse momento, entrou alguém. Ferragus levantou-se para sair.

– Cavalheiro, o senhor conhece este homem? – perguntou *monsieur* de Maulincour, enquanto segurava Ferragus pelo colete. Mas Ferragus soltou-se destramente, agarrou os cabelos do barão e sacudiu zombeteiramente a cabeça dele por várias vezes, ainda que sem força bastante para machucá-lo.

– Será que eu mesmo tenho de lhe tocar chumbo para torná-lo mais razoável? – indagou.

– Não pessoalmente, cavalheiro – respondeu a seguir o interrogado, *monsieur* de Marsay, a testemunha espantada daquela cena. – Mas eu sei que este cavalheiro é *monsieur* de Funcal,[34] um cidadão português e um homem de grande riqueza.

Monsieur de Funcal já havia desaparecido. O barão foi em seu encalço, mas sem conseguir encontrá-lo. Ao chegar ao vestíbulo, conseguiu divisar Ferragus, em uma bela carruagem, cujos criados vestiam librés esplêndidas, o qual dirigiu a ele uma risada escarninha e partiu rapidamente.

– Por favor, cavalheiro – disse Auguste, retornando à saleta onde ainda se achava *monsieur* de Marsay, a quem conhecia bem, embora não fossem exatamente amigos. – Pode me fazer a gentileza de dizer onde mora este *monsieur* de Funcal?

– Sinto lhe dizer que o ignoro. Mas não deve ser difícil conseguir que alguém lhe informe.

O barão foi indagar diretamente do prefeito do Departamento de Sena, já que se tratava de um de seus convidados, e o prefeito lhe disse simplesmente que o conde de Funcal residia em um apartamento na Embaixada de Portugal. Nesse momento, em que ainda parecia sentir os dedos gelados de Ferragus em seus cabelos, ele avistou madame Jules, em todo o brilho de sua formosura, jovem, graciosa, ingênua, resplandecente naquela inocência feminina pela qual se enamorara. Aquela criatura, que apenas ele sabia ter saído do inferno, passara a despertar somente o ódio nele, e esse ódio transbordou sanguinolento de seu olhar. Aguardou pacientemente por um momento em que pudesse falar-lhe sem ser escutado por qualquer outra pessoa e então disse a ela:

– Madame, já são três vezes que seus *bravi*[35] tentam me matar e erram o alvo...

---

34. Personagem criado por Balzac, o conde Henri de Marsay teria vivido entre 1792 e 1833 ou 1834. O nome Funcal foi apresentado por Balzac em sua versão portuguesa. (N.T.)

35. Em italiano no original. A palavra é aqui empregada no sentido de asseclas, capangas, assassinos de aluguel. Maulincour acredita que Clémence ordenou seu assassinato ou que, pelo menos, tinha conspirado com Ferragus para esse objetivo. Este ponto não é esclarecido no texto. (N.T.)

– Mas que quer dizer com isso, cavalheiro? – respondeu ela, embora seu rosto se ruborizasse. – Eu sei que o senhor sofreu uma série de acidentes lamentáveis, pelos quais até senti muita pena do senhor. Mas o que tenho eu a ver com isso?

– Acontece que eu tenho certeza de que a senhora sabe que esses *bravi* foram lançados contra mim pelo homem que a senhora ia visitar na Rue Soly...

– Cavalheiro!...

– Madame, fique sabendo que doravante não serei o único a lhe exigir contas, não somente de minha felicidade, mas de meu próprio sangue.

Nesse momento, Jules Desmarets aproximou-se:

– O que o senhor está dizendo a minha esposa, cavalheiro?

– Se é tão curioso, por que não vem me perguntar em minha casa, cavalheiro?

E Maulincour afastou-se, deixando madame Jules pálida e quase a ponto de desmaiar.

Capítulo III

A mulher acusada

Há poucas mulheres que não se tenham encontrado, pelo menos uma vez na vida e a propósito de um fato incontestável, diante de uma interrogação precisa, nítida, categórica, uma dessas perguntas feitas impiedosamente por seus maridos, quando o simples pressentimento do que vão escutar produz um leve calafrio, cuja primeira palavra entra no coração como o aço de um punhal. É por isso que existe este axioma: *Toda mulher mente*. Uma mentira distraída, uma mentira venal, uma mentira sublime ou uma mentira ignóbil; é como se sentissem a obrigação de mentir. Admitida essa necessidade inconsciente, não é uma decorrência necessária que saibam mentir bem? Pelo menos na França, as mulheres mentem admiravelmente. São nossos próprios costumes que lhes ensinam desde meninas a faltar com a verdade! Afinal de contas, a mulher é tão ingenuamente impertinente, tão linda, tão graciosa, tão verdadeira em suas mentiras... Ela reconhece tão bem sua utilidade para evitar em sociedade choques violentos a que a felicidade não resistiria, que a mentira passa a ser tão necessária quanto os cofrinhos em que guardam suas joias. Eventualmente a mentira torna-se para elas como uma segunda língua, a base de toda a sua conversação, enquanto a verdade não é mais que uma exceção; quando são virtuosas, usam a mentira por capricho ou por especulação. De acordo com seu caráter, algumas mulheres riem enquanto mentem; outras choram; outras ainda mentem com a maior seriedade; algumas chegam a parecer aborrecidas por terem de mentir. Existem aquelas que começaram a vida de falsidades fingindo não acreditarem ou não se importarem com os elogios que mais as lisonjeavam e acabaram mentindo a si mesmas. Quem não admirou sua aparência de superioridade ou de indiferença no momento em que seus corações mais tremiam perante a possibilidade de perderem os misteriosos tesouros de seu amor? Quem nunca se surpreendeu com sua naturalidade, seu desembaraço, a liberdade aparente de seu espírito perante as situações mais desagradáveis que a vida em sociedade lhes apronta? A parte mais estranha da questão é que nada disso é postiço, nenhuma dessas atitudes é tomada de empréstimo: o embuste corre tão naturalmente de seus lábios como a neve cai do céu. E depois, com que facilidade elas descobrem os verdadeiros sentimentos dos outros! Com que sutileza elas empregam a lógica mais direta para responder a uma pergunta apaixonada que lhes permite descobrir sempre qualquer segredo que se encontre no coração de um homem ingênuo o bastante para tentar interrogá-las... Cada vez que dirigimos uma pergunta a uma mulher, estamos nos entregando em suas mãos. Ela percebe de imediato tudo o que queremos esconder e, por mais longa que seja a sua resposta, permanece calada. E ainda existem homens que têm a pretensão de serem capazes de lutar com uma mulher de Paris! Com uma mulher que é capaz de se colocar acima dos golpes de um punhal, simplesmente dizendo pequenas frases, tais como: *"Mas como você é curioso! E por que quer saber? Que tem a ver com isso? Que importância isso tem para você? Ah, mas você está com ciúmes!... E se eu não estiver com vontade de lhe responder...?"*. Quem pode então se opor a uma mulher que conhece 137 mil maneiras de dizer NÃO e variações incomensuráveis para dizer SIM? O tratado sobre o *não* e o *sim* não será uma das mais belas obras diplomáticas, filosóficas, psicológicas e morais que ainda estão por fazer? Mas não seria necessária a existência de um gênio andrógino para poder realizar essa obra diabólica? Isso significa que ela não será jamais intentada. E tudo considerado, de todas as obras inéditas, essa não será a mais bem-conhecida, já que descreve a atividade que as mulheres melhor praticam? O leitor já estudou a atração, o domínio de si mesma, a *disinvoltura*[36] de uma mentira feminina? Então, examine a seguinte: madame Desmarets estava sentada no canto direito de sua carruagem, enquanto seu marido se encontrava no canto esquerdo. Tendo conseguido dominar suas emoções ao sair do baile, madame Jules mostrava um rosto perfeitamente calmo. Seu marido não dissera nada sobre o acontecido, embora, de fato, não tivesse dito nada desde então. Jules limitava-se a olhar pela janelinha da porta da viatura os vultos negros das casas silenciosas diante das quais passavam; mas de repente, como se tivesse sido tomado por um pensamento irresistível, no momento em que dobraram a esquina de uma rua, ele se voltou para a esposa, examinando-a perscrutadoramente: ela parecia estar com frio, apesar do casaco de pele de forro duplo que a envolvia; estava com um ar pensativo, talvez estivesse mesmo absorta em pensamentos. De todas as coisas que se comunicam, a reflexão e a seriedade são as mais contagiosas.

– Mas que foi então que *monsieur* de Maulincour lhe disse para deixá-la assim tão perturbada? – indagou Jules. – Afinal de contas, o que é que ele pretende me dizer se eu for em casa dele?

– Ele não poderá dizer nada em sua casa que eu não possa dizer a você agora mesmo, aqui e agora – respondeu ela.

A seguir, com essa sutileza feminina que sempre desonra um pouco a mulher mais virtuosa, madame Jules ficou esperando a próxima pergunta. Mas o marido voltou de novo o rosto para as casas escuras que se sucediam e continuou seus estudos sobre a natureza dos portões de entrada. Se fizesse mais uma pergunta, isso não seria uma

---

36. Em italiano no original. (N.E.)

suspeita, um desafio à sua sinceridade? Suspeitar de uma mulher já é um crime de amor. Jules já matara um homem, sem duvidar por um instante da honra de sua esposa. Clémence não tinha como saber a profundidade da paixão verdadeira, a complexidade das reflexões que deixavam de se manifestar através do silêncio de seu marido, do mesmo modo que Jules ignorava totalmente o drama admirável que devorava o coração de sua Clémence. E a carruagem rodava por uma Paris silenciosa, transportando consigo dois esposos, dois amantes que se idolatravam sinceramente, mas que, mesmo unidos pelas almofadas de seda sobre as quais se apoiavam, estavam separados por um verdadeiro abismo. Nesses carros elegantes que retornam dos bailes, entre a meia-noite e as duas da manhã, quantas cenas bizarras não se passam!... E isso para falar somente das carruagens cujas lanternas iluminam a rua e que trazem vidros transparentes, os carros do amor legítimo, em que os casais podem discutir à vontade, sem temor aos eventuais transeuntes, porque seu estado civil lhes dá o direito de se zangar, de brigar, até mesmo de bater ou de abraçar uma mulher, seja dentro de um veículo, seja em qualquer outra parte! E ao mesmo tempo, quantos segredos eles revelam aos caminhantes noturnos, a essa gente jovem que foi ao baile de carro, mas que foi obrigada, por qualquer motivo, a voltar para casa a pé! Era a primeira vez que Jules e Clémence se encontravam assim, cada um em seu canto da carruagem. O marido sempre costumava sentar-se bem junto de sua esposa.

– Estou com frio – disse ela.

Mas o marido sequer ouviu, estava muito ocupado catalogando todas as tabuletas negras que oscilavam na parte superior da entrada das lojas.

– Clémence – disse ele, por fim. – Perdoa-me desde agora a pergunta que vou fazer.

Ele se aproximou, inclinou-se, segurou-a pela cintura e puxou-a para junto de si.

"Meu Deus, chegou a hora da verdade!", pensou a pobre mulher.

– Tudo bem – começou ela, para antecipar-se à pergunta. – Sei o que você quer. Quer saber o que *monsieur* de Maulincour estava a me dizer. Eu vou lhe contar, Jules, vou ser sincera, isso me aterroriza muito. Meu Deus, como é que poderemos ter segredos um para com o outro? Já faz vários minutos que o vejo oscilando entre a consciência de nosso amor e uma porção de temores vagos. Mas então nossas consciências não estão claramente limpas, enquanto esses seus temores parecem surgidos das trevas mais profundas? Por que não ficarmos então dentro da claridade que tanto agrada a você? Depois que eu tiver contado tudo, você vai querer saber mais; entretanto, eu mesma não sei o que escondem as estranhas palavras desse homem. O pior é que poderia ocorrer entre vocês dois uma discussão cujo resultado talvez fosse fatal. Eu preferia mil vezes que esquecêssemos desse mau momento. Seja como for, antes que eu fale, quero que você me jure que vai esperar que essa aventura tão singular se explique naturalmente. Bem, escute então: esse *monsieur* de Maulincour me declarou que esses três acidentes por que passou recentemente, dos quais você também ouviu falar, ou seja, a pedra que caiu do andaime e matou seu lacaio, o acidente que sofreu depois em seu cabriolé e seu duelo a propósito de madame de Sérizy, eram todos os três o resultado de uma conspiração que estou tramando contra ele. A seguir, ele me ameaçou procurar você e explicar qual o interesse que eu poderia ter para planejar seu assassinato. Você pode compreender alguma coisa nesse enredo todo? Minha perturbação brotou da impressão que me causou a visão de seu rosto cheio de loucura, seus olhos desvairados e suas palavras, que brotavam entrecortadas de seus lábios, como se estivessem sendo produzidas pela mais violenta das emoções íntimas. Olhe, achei que ele estava tendo um acesso de loucura. E isso foi tudo. Agora, eu não seria mulher se não houvesse percebido que já faz um ano me tornei o objeto daquilo que todos chamam "a paixão de *monsieur* de Maulincour". Ele só me encontrou em alguns bailes e as palavras que me dirigiu até agora eram tão insignificantes como todas as conversações que se mantêm durante os bailes. Talvez ele queira nos desunir, para encontrar-me um dia só e sem defesa. Percebe? Ah, meu Deus, aconteceu o que eu temia: Você já estás franzindo a testa! Ai, como eu odeio a sociedade! Nós somos tão felizes sem dependermos dela!... Por que então temos de nos meter nessas reuniões e nesses bailes?... Jules, eu suplico, prometa-me que você vai esquecer essa tolice toda! Amanhã, sem a menor dúvida, receberemos a notícia de que *monsieur* de Maulincour enlouqueceu e foi internado.

"Mas que coisa mais singular!", pensou Jules, ao descer da carruagem para a escadaria coberta que dava acesso à sua casa. Estendeu os braços para ajudar sua esposa a descer e os dois subiram, indo cada um para seus próprios aposentos.

Para descrever esta história em toda a veracidade de seus detalhes, a fim de acompanhar o seu curso em todas as suas sinuosidades, é necessário divulgar aqui alguns segredos de amor, deslizar por entre os marcos da porta de um quarto de dormir, não impudentemente, mas como fazia Trilby, sem sobressaltar nem Dougal, nem Jeannie,[37] de fato, sem incomodar ninguém, mas conseguindo ser ao mesmo tempo tão casto quanto o exige nossa nobre língua francesa e tão ousado como foi o pincel de Gérard no óleo em que retratou Daphnis e Cloé.[38] O quarto de dormir

---

37. Personagens do romance *Trilby ou le Lutin de Argail*, escrito em 1822 por Jean-Charles-Emmanuel Nodier (1780-1844), escritor francês. (N.T.)

38. Referência a um quadro famoso de François-Pascal Simon, barão Gérard (1770-1837), pintor de retratos e cenas históricas, retratista oficial sob Napoleão e durante a Restauração. Daphnis e Cloé são personagens de um longo romance grego de Longus, composto entre o século I a.C. e o início do século II d.C.; crianças encontradas e criadas por pastores apaixonam-se castamente, vivem longas peripécias e acabam por viver um amor feliz após o casamento. (N.T.)

de madame Jules era um lugar sagrado. Somente ela, seu marido e sua criada de quarto tinham permissão para nele entrar. A opulência tem grandes privilégios, e dentre eles os mais invejáveis são aqueles que permitem desenvolver os sentimentos em toda a sua extensão, fecundá-los com a cumplicidade de seus mil caprichos, rodeá-los desse brilho que os engrandece, dessas pesquisas que ainda mais os purificam, dessas delicadezas que os tornam ainda mais atraentes. Caso se odeiem os piqueniques sobre a relva e as refeições mal-servidas, se experimentamos o menor prazer ao vermos uma toalha de mesa perfeitamente engomada e resplandecente de alvura, uma coberta de prata dourada, porcelanas de pureza delicada, uma mesa cujas beiradas foram folhadas a ouro, ricamente cinzelada e iluminada por velas longas e diáfanas; e logo depois, trazidas sob redomas de prata ostentando o brasão de nossa família, contemplarmos os milagres da cozinha mais refinada, então, para sermos coerentes, devemos esquecer os sótãos em que os empregados se encolhem no alto das mansões e não dar atenção às operárias que percorrem as ruas em seu passo apressado. Temos de abandonar esses sótãos, fazer de conta que não existem as costureirinhas e as bordadeiras e fechar os olhos para os guarda-chuvas e para os calçados gastos de toda essa gente que paga o jantar com vales-refeição. A seguir, você deve compreender o amor como um elemento singular, uma criatura que somente demonstra toda a sua graça sobre os tapetes da Savonnerie,[39] sob a luz opalina de uma lâmpada de pé de mármore, entre paredes discretas e revestidas de seda, diante de uma lareira dourada, em um quarto completamente isolado contra quaisquer ruídos que produzam os vizinhos, as ruas, o mundo inteiro, por persianas, postigos e cortinas ondulantes. São ainda necessários espelhos de

---

39. Antiga manufatura real francesa de tapetes e tapeçarias, situada em Chaillot-sur-Seine no lugar de uma antiga fábrica de sabão. (N.T.)

cristal para refletir as formas que se movem diante deles, colocados frente a frente para que possam reproduzir ao infinito essa mulher que se desejaria poder multiplicar e que tantas vezes o amor realmente multiplica; além disso, divãs bem baixos, ao redor de um leito que se assemelha a um segredo, porque se deixa adivinhar sem ser mostrado; mais ainda, nesse quarto sedutor, peles para acariciar as solas dos pés desnudos, velas protegidas por mangas de vidro transparente e dispostas sobre musselinas pregueadas, para permitir a leitura a qualquer hora da noite, flores escolhidas para que não causem tonturas durante a noite e lençóis de linho finíssimo, capazes de agradar até mesmo a Ana da Áustria.[40] Madame Jules tinha seguido à risca esse delicioso programa, mas isso não era nada. Qualquer mulher de bom gosto poderia ter feito o mesmo, embora na maneira como essas coisas todas são arranjadas exista um toque de personalidade que confere a este ornamento e àquele detalhe um caráter inimitável. Hoje em dia, mais do que nunca reina o fanatismo da individualidade. Quanto mais nossas leis tendem a estabelecer uma igualdade impossível, tanto mais nossos costumes se afastarão delas. Desse modo as pessoas ricas começam, na França de hoje, a tornar-se muito mais exclusivas em seus gostos pessoais e nas coisas que lhes pertencem e as rodeiam do que eram trinta anos atrás. Madame Jules sabia perfeitamente a que ponto esse programa que escolhera a comprometia e, desse modo, havia disposto todos os detalhes de sua casa em harmonia com esse luxo que condiz tão bem com o amor. O ideal dos "mil e quinhentos francos e minha Sophie",[41] vale dizer, a paixão dentro de uma choupana, é

---

40. Ana da Áustria (1601-1666), filha de Felipe III da Espanha, casou-se com Louis XIII, tornando-se rainha da França e regente de 1643 até a maioridade de Louis XIV, em 1661. (N.T.)

41. Alusão à peça teatral *O pai de família*, de Denis Diderot (1713-1784), em que St.-Albin, o herói, desiste de herdar a fortuna paterna por amor da pobre Sophie. (N.T.)

um ideal de esfaimados, a quem o pão preto serve muito bem para matar a fome no princípio, mas que, se é que se amam realmente, acabam por desejar pratos mais ricos e lastimam não poder gozar das riquezas da gastronomia. O amor tem horror ao trabalho e à miséria. Prefere morrer do que ter de suportar privações sem-fim. As mulheres, em sua maioria, ao retornarem de um baile, cansadas e impacientes para se deitarem, lançam descuidadamente ao redor de si seus vestidos finos, suas flores emurchecidas, os ramalhetes que usaram nos cabelos e cujo perfume já se esvaiu. Largam as delicadas sandálias em cima de uma poltrona, colocam chinelos amassados e confortáveis, retiram os penteados, desmancham as tranças sem maiores cuidados com sua aparência. Pouco lhes importa que os maridos vejam os colchetes e os alfinetes de segurança que ajustavam por dentro a elegância de seus vestidos, não dão a menor importância que eles vejam os artificiosos grampos e marombas que sustentavam os elegantes edifícios de seus penteados ou perucas. Chega de mistérios, tudo desaparece diante do marido, tudo é mostrado para ele, abandonam todas as falsas aparências. O espartilho, na maioria dos casos um espartilho destinado a esconder seus pequenos ou grandes defeitos por meio de muitas precauções e artifícios, fica atirado a um canto, se a sonolenta criada de quarto se esquecer de guardar. Finalmente, as anquinhas erguidas com barbatanas de baleia, os sutiãs guarnecidos de tafetá engomado, toda aquela parafernália de trapos engomados, os cabelos de outras mulheres que haviam comprado no cabeleireiro, toda a falsidade daquela mulher está esparsa e exposta aos olhares. *Disjecta membra poetae*,[42] a poesia artificial tão admirada por aqueles para

---

42. Em latim no original: "Vestígios dispersos do poeta", citação de Quintus Horatius Flaccus, 65-8 a.C., poeta latino, referindo que, se uma poesia for traduzida em prosa, nela só se pode encontrar uma pequena parte do gênio do autor. (N.T.)

quem foi concebida e elaborada, é amontoada por todos os cantos pela mulher formosa. Para o amor de um marido que boceja de cansaço se apresenta então uma mulher verdadeira, que boceja também, que se mostra em uma desordem totalmente despida de elegância, cujo penteado noturno é uma touca amarrotada, a mesma que usou na véspera, a mesma que irá usar amanhã.

– Afinal de contas, meu caro senhor, se quiser que eu use todas as noites uma linda touca nova para que o senhor possa amarrotar à vontade, então aumente o dinheiro que me dá para as despesas...

Essa é a vida, tal qual ela é. Uma mulher sempre se apresenta velha e desagradável para seu marido, enquanto se mostra sedutora, elegante e bem-vestida para o outro, para o rival de todos os maridos, ou seja, a sociedade que calunia e dilacera a reputação de todas as mulheres. Inspirada por um amor verdadeiro, porque o amor também tem o instinto de conservação, madame Jules agia de forma bem diferente e encontrava, na graça renovadora de sua felicidade, a força necessária para realizar esses pequenos deveres minuciosos que não se deve nunca relaxar, porque são justamente eles que perpetuam o amor. Esses cuidados, esses deveres, procedem aliás de uma dignidade pessoal que é parte do encanto. Não são mais do que tantas outras provas de afeto. São uma forma de dizer em silêncio o quanto se respeita o ser amado. Desse modo, madame Jules sempre proibia seu marido de entrar em seu quarto de vestir, onde retirava a toalete do baile e do qual saía vestida para a noite, misteriosamente adornada para as não tão misteriosas festividades de seu coração. Quando ela saía dessa peça, sempre elegante e graciosa como fora para os bailes, Jules contemplava uma mulher sedutoramente envolvida em um elegante penhoar, com os cabelos simplesmente enroscados em tranças grossas sobre a cabeça; e isso porque, garantindo que não se despenteariam, ela não roubava ao amor nem a vista, nem o tato; era uma mulher sempre mais simples, ainda mais bela do que quando se apresentava em sociedade; uma mulher que se refrescara com um banho rápido e da qual todo o artifício consistia em ter a pele mais alva que suas musselinas, mais fresca que o perfume mais redolente e mais sedutora que a mais hábil das cortesãs, sempre terna e carinhosa, portanto sempre amada. Essa admirável compreensão do ofício de esposa foi o grande segredo com que Joséphine sempre agradou a Napoleão, tal como fora outrora o segredo de Cesônia para conservar o amor de Caius Calígula, ou o de Diane de Poitiers para reter junto de si o rei Henri II.[43] E se esse segredo foi altamente eficaz para a sedução de mulheres que já contavam trinta e cinco ou quarenta anos, que arma consistia nas mãos de mulheres jovens!... Um marido saboreia então com a maior delícia o prazer delicado e raro de manter-se fiel.

Ora, retornando para casa depois daquela terrível conversa, que a enregelara de temor e que ainda despertava em sua alma as inquietações mais pungentes, madame Jules tomou um cuidado todo particular com sua toalete noturna. Ela queria tornar-se irresistível e fez-se plenamente encantadora. Conservara fechada a gola do penhoar transparente, mas deixara aberto por debaixo dele seu corselete, deixara recair seus cabelos negros sobre suas espáduas delicadamente arredondadas; seu banho perfumado emprestara a ela um odor inebriante; seus pés estavam desnudos dentro de pantufas de veludo. Consciente de

---

43. Marie-Josèphe-Rose Tascher de la Pagerie (1763-1814), viscondessa de Beauharnais e depois esposa de Napoleão Bonaparte, 1769-1821; Caesonia Millonia Augusta (6?-41 d.C.), esposa de Calígula (12-41 d.C.), imperador romano, mortos no mesmo dia pelos pretorianos revoltados, junto com Julia Drusilla, sua filha de um ano; Diane de Poitiers (1499-1566), duquesa de Valentinois e amante de Henri de Valois, duque d'Orléans, depois Henri II (1519-1559), filho de François I e rei de 1547 a 1559, que teria sido morto por ordem de sua esposa Catarina de Médicis, pelos ciúmes que sentia de Diane e por ambição de governar em nome de seus filhos. (N.T.)

suas vantagens, aproximou-se do marido em passos leves e curtos e colocou as mãos sobre os olhos de Jules, que encontrou ainda pensativo, dentro de seu robe de chambre, com o cotovelo apoiado sobre o tampo da lareira e um dos pés sobre o guarda-fogo. Falou então suavemente ao ouvido dele, aquecendo-o com seu hálito e mordiscando o lóbulo da orelha com a ponta dos dentinhos delicados:

– Em que está pensando, cavalheiro?

Em seguida o abraçou, envolvendo-o com os braços, a fim de arrancá-lo de seus pensamentos desagradáveis. A mulher que ama tem plena compreensão de seu poder, e quanto mais virtuosa for, tanto maior é sua sedução.

– Em você – respondeu ele.

– Só em mim?

– Sim.

– Ai, ai, ai... Esse "sim" me parece um tanto duvidoso...

Foram deitar-se. Antes de adormecer, madame Jules pensou: "Decididamente, esse *monsieur* de Maulincour vai ser a causa de alguma infelicidade. Jules está preocupado, distraído e está guardando pensamentos que não quer me revelar". Deveriam ser umas três horas da manhã quando madame Jules foi despertada por um pressentimento que feriu seu coração durante o sono. Percebeu tanto física como moralmente a ausência de seu marido. Primeiro, porque não sentia mais o braço que Jules lhe passara sob o pescoço, esse braço sobre o qual ela dormia feliz e tranquila há cinco anos e do qual não se cansava nunca. Então uma voz interior lhe dissera: "Jules está sofrendo, Jules está chorando...". Ela ergueu a cabeça, sentou-se na cama e percebeu que o lugar de seu marido já estava frio; viu então que ele estava sentado diante da lareira, com os pés apoiados no guarda-fogo e a cabeça recostada nas costas de uma grande poltrona. Corriam lágrimas pelas faces de Jules. A pobre mulher desceu rapidamente da cama, lançando-se sobre os joelhos de seu marido em um único salto.

– Jules, o que você tem? Está sentindo alguma coisa? Fale! Diga! Diga-me de uma vez! Fale-me, pelo amor que tem por mim!...

Em um único instante ela lhe lançou cem palavras, exprimindo a mais profunda ternura.

Jules lançou-se aos pés de sua mulher, beijou-lhe os joelhos e as mãos, enquanto deixava escorrer novas lágrimas pelas faces.

– Minha querida Clémence, como me estou sentindo infeliz! Não pode haver amor quando se desconfia de sua amante, e você é minha amante. Eu adoro você, mas estou duvidando de você... As palavras que aquele homem me disse me atingiram no mais fundo de meu coração. Por mais que me esforce, elas continuam lá e me perturbam tanto... É claro que existe algum mistério por trás disso. E depois, estou profundamente envergonhado porque suas explicações não me satisfizeram, como deveriam ter feito. Minha razão me lança argumentos que meu amor repele. Estou passando por um combate terrível... Como eu poderia continuar deitado na cama, a seu lado, sustentando sua cabeça com meu braço, ao mesmo tempo que suspeitava que por ela passavam pensamentos para mim completamente desconhecidos?

Ao vê-la sorrir com tristeza e abrir a boca para falar, ele exclamou com vigor:

– Ah, creio em você!... Acredito em você! Não me diga nada, não me repreenda por nada. A menor exprobação que viesse agora de sua boca me mataria. Além disso, você já não me disse tudo? Existe mais alguma coisa que pudesse dizer, senão o que me contou três horas atrás?... Sim, já faz três horas, eu, deitado lá, olhando você dormir, achando você tão bela, admirando seu rosto tão puro e tão tranquilo... Ah, mas é claro que sim! Você sempre compartilhou comigo todos os seus pensamentos, não foi? Eu bem sei que estou sozinho dentro de sua alma... Ao contemplar você, ao mergulhar meus olhos nos seus, eu vejo tudo o que se encontra por detrás deles. Sua vida permanece tão pura quanto seu olhar é claro. Não, não existe qualquer segredo por trás desse olhar tão transparente...

Então, ele se ergueu e beijou-lhe as pálpebras.

– Deixe-me confessar, minha querida criatura, que aquilo que há cinco anos faz crescer a cada dia minha felicidade era não descobrir em você nenhuma destas afeições naturais que sempre roubam um pouco do amor completo. Você não tem irmãs, nem pai, nem mãe, sequer amigas, e, desse modo, eu sentia que não estava nunca acima ou abaixo de qualquer outra pessoa em seu coração. Seu coração me pertencia e eu estava sozinho dentro dele... Clémence, repita agora todas as palavras de carinho que brotam da doçura de sua alma e que você me disse já tantas vezes. Não brigue comigo, console-me, sinto-me muito infeliz. Eu sei que esta suspeita que estou nutrindo é uma coisa odiosa, sou o primeiro a me repreender e a ralhar comigo mesmo, enquanto você não traz nada em seu coração que possa atormentá-la... Minha bem-amada, diga-me então; como é que eu poderia continuar deitado a seu lado, passando pelo que estou passando? Como podem ficar sobre o mesmo travesseiro duas cabeças tão unidas, quando uma delas sofre e a outra está tranquila? Mas em que você está pensando agora...? – exclamou bruscamente, ao ver Clémence com um aspecto sonhador, pensativa e ao mesmo tempo quase sem conseguir reter as lágrimas.

– Penso em minha mãe... – respondeu ela, em tom grave. – Você não poderia entender, Jules, a dor de sua Clémence, obrigada a se recordar dos últimos adeuses de sua mãe, ao escutar a tua voz, para mim a mais doce das músicas; e sonhar com a solene pressão das mãos geladas de uma moribunda, ao mesmo tempo em que sentia a carícia das suas, justamente no momento em que você me recobre com as provas de um verdadeiro amor... – Ela se levantou, fez levantar o marido, puxou-o para si com uma força inspirada pelo nervosismo, uma força muito superior à de um homem comum, beijou-lhe os cachos dos cabelos e cobriu-os de lágrimas. – Ah, eu poderia deixar que me esquartejassem viva por você! Você me diz tantas vezes que eu o faço feliz, que sou para você a mais bela das mulheres, que para você eu valho tanto quanto mil mulheres... Mas você é amado como nenhum outro homem jamais será. Eu não sei bem o que querem dizer essas palavras, *dever* e *virtude*. Jules, eu o amo por você mesmo, sinto-me feliz em amá-lo: eu vou amá-lo cada vez mais até soltar meu último suspiro. Sinto tanto orgulho de meu amor por você, sinto que estou destinada a experimentar este sentimento uma única vez em minha vida. O que vou dizer agora é uma coisa horrorosa, talvez: mas estou contente porque não tenho filhos e não sinto a menor falta deles. Sinto que sou muito mais esposa do que mãe. E depois disso tudo, você ainda tem temores? Sente dúvidas? Escute-me, meu amor, prometa-me esquecer isso tudo, não desta hora mesclada de ternura e de dúvidas, mas das palavras proferidas por aquele louco. Jules, é isso que eu quero. Prometa-me que não irá vê-lo, que nunca irá em casa dele. Tenho a mais íntima convicção de que, se você der um único passo que seja para o interior desse labirinto, nós rolaremos os dois para dentro de um abismo em que eu perecerei, mesmo que tenha seu nome em meus lábios e seu coração dentro do meu. Por que razão você me coloca tão alto em sua alma e agora tão baixo na realidade? Logo você, que acredita em tanta gente, que bem pode lhe mentir sobre o montante de suas fortunas, não me quer fazer a esmola de esquecer de uma suspeita... Logo agora, na primeira ocasião de sua vida em que poderia me provar ter uma fé sem limites em mim, você está me destronando de seu coração! Entre a palavra de um louco e a minha, é no louco que você acredita! Oh, Jules!... – Ela parou, afastou os cabelos que lhe caíam sobre a testa e lhe recobriam o pescoço; depois, acrescentou no tom mais pungente, que dilacerou o coração dele: – Já falei demais. Uma única palavra deveria ter bastado. Se sua alma ou seu cérebro conservam ainda uma sombra de dúvida, por leve que possa ser, fique sabendo muito bem que não vou resistir e morrerei por causa disso!

Ela não pôde reprimir um calafrio e empalideceu.

"Vou matar aquele homem!", pensou Jules, abraçando sua esposa, erguendo-a nos braços e levando-a para a cama.

– Vamos dormir em paz, meu anjo – declarou. – Juro que já esqueci tudo.

Clémence adormeceu após escutar essas palavras doces, que ele repetiu ainda mais docemente. Mais tarde, Jules, olhando-a adormecida, disse para si mesmo: "Ela tem razão, quando o amor é tão puro, a menor suspeita o dilacera. Para uma alma tão terna, para uma flor tão delicada, o menor sinal de que pode murchar deve significar a morte".

Quando, entre dois seres cheios de afeição um pelo outro, cujas vidas são compartilhadas a cada instante, interpõe-se uma nuvem, mesmo que essa nuvem se dissipe totalmente, ficam em suas almas alguns traços de sua passagem. Ou a ternura se torna ainda mais viva, como a terra fica mais bela após a chuva, ou o abalo ainda ressoa, como um trovão distante em um céu puro e azul. Mas é impossível retornar plenamente à vida anterior e é necessário que o amor cresça, ou então que diminua. No almoço, *monsieur* e madame Jules demonstraram um pelo outro todos esses pequenos cuidados em que se nota uma ponta de afetação. Eram olhares cheios de uma alegria quase forçada, que mais pareciam esforços de pessoas empenhadas em enganar a si mesmas. Jules continuava experimentando dúvidas involuntárias, enquanto sua esposa tinha temores certos. Ainda assim, eles haviam adormecido um ao lado do outro, sentindo mútua confiança. Seria aquele constrangimento devido a um lampejo de descrença, uma lembrança embaraçosa do incidente da noite? Eles próprios não sabiam. Mas se haviam amado, amavam-se ainda com um amor puro demais para que a impressão ao mesmo tempo cruel e benéfica daquela noite não deixasse qualquer marca em seus espíritos. Ambos se esforçavam ao máximo para que aquelas marcas desaparecessem, e os dois queriam ser o *primeiro* ou a *primeira* a retornar plenamente para o outro, mas não podiam parar de pensar na causa inicial de sua primeira desavença. Para as almas que de fato se amam, isso não chega a ser um sofrimento, porque as verdadeiras tristezas ainda estão longe, mas é uma espécie de luto muito difícil de descrever. Se existem relações entre as cores e as agitações da alma; se, como disse o cego de Locke,[44] o escarlate deve produzir na vista os mesmos efeitos produzidos na audição por uma fanfarra, talvez possamos então comparar a tonalidades acinzentadas essa melancolia mútua que se retroalimenta. Mas o amor contristado, o amor que conserva ainda um sentimento verdadeiro de como era sua felicidade, antes de ser momentaneamente perturbada, cria voluptuosidades que, unidas às dores e às alegrias, têm um sabor completamente novo. Jules estudava a voz de sua esposa, cuidava seus olhares com o mesmo sentimento que sentira o jovem nos primeiros momentos de sua paixão por ela. As recordações de cinco anos de total felicidade, a beleza de Clémence, a ingenuidade de seu amor apagaram então prontamente os derradeiros vestígios de uma dor intolerável. O dia que se seguiria ao baile era um domingo, a Bolsa não abria e ele não tinha negócios a tratar com ninguém; assim, o casal passou o dia junto, penetrando ainda mais no coração um do outro do que jamais haviam chegado, como se fossem duas crianças que, em um momento de medo, abraçam-se, apertam-se, unindo-se profundamente por força do instinto. Há em uma vida a dois esses dias completamente

---

44. John Locke (1632-1704), filósofo inglês. (N.T.)

felizes, surgidos como por acaso, que não se relacionam em nada com a véspera, nem tampouco com o amanhã, tais como flores efêmeras! Jules e Clémence gozaram de seu dia deliciosamente, como se pressentissem que era o último dia de sua vida amorosa. Que nome se poderia dar a essa força desconhecida que faz apressar os passos dos viajantes antes que a tempestade tenha mostrado seus primeiros sinais, que faz uma pessoa resplandecer de vida e de beleza poucos dias antes de sua morte e inspira os projetos mais risonhos, que aconselha ao estudioso levantar o pavio de seu lampião para aumentar a claridade, em um momento em que parece estar iluminando tudo perfeitamente, que faz uma mãe temer o olhar profundo demais lançado por um homem perspicaz sobre seu filho? Todos nós sofremos sua influência através das grandes catástrofes de nossa vida e não conseguimos até hoje dar-lhe um nome ou estudá-la. É mais que um pressentimento, mas ainda não chega à clarividência. Tudo correu bem até o dia seguinte. Na segunda-feira, Jules Desmarets, obrigado a ir à Bolsa na hora de costume, não saiu sem indagar de sua mulher, como sempre fazia, se ela queria uma carona na carruagem.

– Não – respondeu ela. – O tempo não está bom para passear.

De fato, estava mesmo chovendo a cântaros. Eram mais ou menos duas e meia da tarde quando Desmarets se dirigiu à Bolsa e ao Tesouro. Às quatro horas, quando saiu da Bolsa, deu de cara com *monsieur* de Maulincour, que o esperava com a pertinácia febril que emprestam o ódio e a vingança.

– Cavalheiro, tenho informações importantes para lhe transmitir – disse o oficial, tomando o corretor de câmbio pelo braço. – Escute-me, sou um homem de honra e demasiado leal para recorrer a cartas anônimas, que serviriam somente para perturbar sua tranquilidade. Prefiro muito mais falar diretamente. Para completar, compreenda que, se minha vida não estivesse em jogo, eu não me imiscuiria na sua, tenha plena certeza disso. Jamais me intrometeria nos assuntos particulares de um casal, ainda que me julgasse no direito de fazê-lo.

– Se o que o senhor pretende me falar se refere de alguma maneira a madame Desmarets – respondeu-lhe prontamente Jules –, quero pedir-lhe, cavalheiro, que me faça o favor de se calar.

– Se eu me calasse, cavalheiro, poderia acontecer que, dentro de pouco tempo, o senhor tivesse o desgosto de ver madame Jules no banco dos réus do Tribunal Civil, lado a lado com um homem que já foi condenado a trabalhos forçados. Quer que eu me cale mesmo assim?

Jules empalideceu, mas seu rosto bonito retomou prontamente uma calma falsa; depois, conduzindo o oficial a uma das dependências da sede provisória da Bolsa, onde se haviam encontrado, disse com uma voz que velava uma profunda emoção interior:

– Cavalheiro, eu o escutarei – respondeu. – Mas haverá entre nós um duelo de morte se...

– Ah, quanto a isso, não se preocupe. Consinto desde agora, se quiser – exclamou *monsieur* de Maulincour –, embora tenha pelo senhor a maior estima. O senhor fala a respeito de morte, cavalheiro? Sem a menor dúvida ignora que talvez tenha sido sua esposa que me mandou envenenar no sábado à noite. Sim, senhor, desde anteontem, algumas coisas extraordinárias se passam comigo; é como se meus cabelos destilassem para dentro de meu cérebro, através do crânio, uma febre e um langor mortais, e eu sei perfeitamente qual foi o homem que me agarrou pelos cabelos durante o baile.

Monsieur de Maulincour passou a relatar, sem omitir um único fato, seu amor platônico por madame Jules e os detalhes das aventuras que foram descritas anteriormente. Qualquer pessoa o teria escutado com a mesma atenção que o corretor de ações; mas é claro que o marido de madame Jules tinha plena razão de ficar muito mais atarantado que qualquer outra pessoa no mundo. E nisto revelou seu caráter: mostrou-se muito mais surpreso que abatido. Forçado a assumir o papel de juiz, e logo juiz de uma mulher que adorava, encontrou em sua alma tanto a retidão como a inflexibilidade de um magistrado incorruptível. Amando embora, pensou menos em sua vida estilhaçada que na existência daquela mulher; escutou não sua própria dor, mas aquela voz longínqua que lhe gritava ainda: "Clémence não saberia mentir!... Por que ela o trairia!?".

– Cavalheiro – disse o oficial da guarda para terminar –, tenho plena certeza de que reconheci sábado à noite, nesse *monsieur* de Funcal, o mesmo Ferragus que a polícia acredita haver morrido; seja como for, coloquei um homem muito inteligente em sua pista. Ao voltar para casa, lembrei-me, por um acaso feliz, do nome de madame Meynardie, que é citado na carta escrita pela tal Ida, presumivelmente a amante de meu perseguidor. Munido dessa única informação, meu emissário prontamente me prestará contas dessa espantosa aventura, porque ele é muito mais hábil em desvendar a verdade que a própria polícia.

– Cavalheiro – respondeu o corretor. – Não sei como agradecê-lo por esta confidência. O senhor me falou que tem provas e testemunhas, vou esperar para vê-las. Pretendo investigar corajosamente a verdade desses estranhos acontecimentos, mas o cavalheiro vai me permitir pôr em dúvida tudo quanto me disse até que a evidência dos fatos me seja provada. Em qualquer caso, o senhor terá sua satisfação, pois deve compreender que ambos precisamos dela.

Monsieur Jules retornou a casa.

– Mas o que você tem, Jules? – perguntou a esposa. – Você está pálido de dar medo.

– Está muito frio – respondeu ele, andando a passos lentos por aquela alcova em que tudo falava de amor e de felicidade, o quarto tão tranquilo em que se preparava uma borrasca mortal.

– Você não chegou a sair hoje? – indagou, de forma aparentemente casual.

Fora impelido a fazer esta pergunta pelo último dos mil pensamentos que empurravam uns aos outros dentro de seu cérebro e que agora se haviam enfileirado secretamente em uma linha de raciocínio lúcido, ainda que violentamente impelido pelo ciúme.

– Não – respondeu ela, com um falso tom de inocência.

Nesse momento, Jules percebeu na penteadeira da mulher algumas gotas de água sobre o chapéu de veludo que ela costumava usar de manhã. *Monsieur* Jules possuía um caráter violento, mas temperado por uma grande dose de delicadeza, e sentiu grande repugnância em desmentir a mulher. Era uma tal situação que faria acabar para o resto da vida qualquer coisa que ainda pudesse existir entre certas pessoas mais sensíveis. Entretanto, a percepção daquelas gotas de chuva foi como um clarão que lhe penetrou dolorosamente o cérebro. Ele saiu do quarto, desceu até o térreo e falou com seu porteiro, depois de verificar que estavam a sós:

– Fouquereau, cem escudos de renda para o resto da vida se me falar a verdade; a porta da rua se me enganar; e nada caso responda sinceramente à minha pergunta, e depois fale a qualquer pessoa sobre o que lhe perguntei e o que me respondeu...

Interrompeu-se, examinou cuidadosamente seu porteiro e o levou para perto da luz que entrava por uma janela. Então, recomeçou:

– Madame saiu de casa hoje?

– Madame saiu às três horas menos um quarto e acredito que a vi retornar há mais ou menos meia hora, patrão.

– Está falando a verdade, sob palavra de honra?

— Sim, senhor barão.

— Então, você receberá a renda que lhe prometi; mas se falar a qualquer pessoa, lembre-se de minha promessa! Nesse caso, você vai perder tudo.

Jules retornou para onde se encontrava sua esposa.

— Clémence — disse-lhe calmamente. — Tenho necessidade de pôr em ordem as contas da casa. Espero que não se ofenda pelo que vou perguntar. Eu entreguei a você quarenta mil francos para as despesas desde o começo do ano, não foi?

— Foi mais — disse ela. — Quarenta e sete mil.

— E você tem condições de me dizer como os empregou?

— Claro — disse ela. — Para começar, tinha de pagar diversas contas do ano passado...

"Assim não vou descobrir coisa nenhuma", pensou Jules. "Não podia ter começado pior."

Nesse momento o valete, o criado de confiança de Jules, entrou e entregou uma carta que ele abriu por costume, sem pensar que fosse importante; mas assim que lançou o olhar sobre a assinatura, começou a ler com sofreguidão.

"Cavalheiro:

"No interesse de sua tranquilidade e da nossa, tomei a liberdade de lhe escrever, mesmo não dispondo da vantagem de lhe haver sido apresentada; porém minha posição, minha idade e o temor de que venha a sobrevir alguma infelicidade me forçam a pedir a você que tenha indulgência perante uma conjuntura embaraçosa que vem deixando nossa família no maior desespero. *Monsieur* Auguste de Maulincour vem nos dando já há alguns dias demonstrações de alienação mental e tememos que ele tenha perturbado sua felicidade por meio de certas quimeras que formou em sua cabeça e que nos contou, ao sr. comendador de Pamiers e a mim, durante um primeiro acesso de febre.

Nessas condições, estamos escrevendo para preveni-lo a respeito de sua enfermidade, sem dúvida ainda curável. Mas em seu estado presente, ela demonstra sintomas tão graves e tão importantes para a honra de nossa família e para o futuro de meu neto, que estou apelando para sua completa discrição. Se o sr. comendador ou eu, cavalheiro, tivéssemos tido oportunidade de nos fazer conduzir até sua residência, certamente nos teríamos dispensado de escrever-lhe; mas não tenho a menor dúvida de que, atendendo à suplica que lhe faz aqui uma mãe e avó, o senhor terá a gentileza de queimar esta carta.

"Faça-me a gentileza de aceitar meus protestos da mais perfeita consideração.

"Baronesa de Maulincour, nascida 'de Rieux'."

– Mais uma tortura! – exclamou Jules.

– Mas o que está acontecendo com você? – perguntou a esposa, demonstrando grande ansiedade.

– Cheguei ao ponto – respondeu Jules – de ficar me indagando se não foi você mesma que me fez chegar esta carta às mãos, a fim de dissipar minhas suspeitas. Pode então julgar por que sofrimentos estou passando.

E atirou-lhe a carta às mãos.

– Mas que infeliz! – disse madame Jules, deixando cair a carta no assoalho. – Lamento o que lhe aconteceu, por maior que seja o mal que me fez.

– Você sabe que ele falou comigo?

– Ah, mas então você foi falar com ele, depois de ter-me dado sua palavra que não o faria! – disse ela, cheia de terror.

– Clémence, nosso amor está em perigo de terminar e estamos em uma posição tal que nenhuma das leis da vida se aplica a nós. Vamos então deixar de lado essas pequenas considerações comparadas com os perigos no meio dos quais nos encontramos. Agora me escute: antes de mais nada, diga-me por que saiu hoje à tarde. As mulheres se acham no direito de nos pregar de vez em quando pequenas mentiras sem importância. Frequentemente é só para nos esconder algum pequeno prazer que nos estão preparando, para não estragar a surpresa. Ou então, ainda há pouco você trocou uma palavra por outra, e me disse "não" quando queria dizer "sim".

Foi até a sala de vestir, onde estava a penteadeira, e trouxe o chapéu.

– Aqui está, viste? Não estou tentando bancar o Bártolo,[45] mas seu chapéu a atraiçoou. Estas manchas ainda úmidas não são por acaso gotas de chuva? Isso quer dizer que você mandou chamar um carro de aluguel e seu chapéu recebeu estas gotas de água, quem sabe quando entrou no veículo, talvez ao entrar na casa em que pretendia ir, ou ainda quando saía dela. Uma mulher pode sair de casa com a maior inocência, mesmo depois de ter afirmado a seu marido que não pretendia ir a lugar nenhum. Afinal de contas, há tantas razões para mudar de opinião! Entregar-se a um capricho, não é um dos direitos que vocês têm? As mulheres não são obrigadas a serem coerentes nem consigo mesmas. Você pode ter esquecido alguma coisa, um serviço a prestar ou uma encomenda a fazer, uma visita, talvez até mesmo realizar uma obra de caridade... Mas nada impede que uma mulher conte a seu marido o que fez. Mas então, uma pessoa pode ruborizar-se quando está com um amigo sincero? Então? O que é que foi? Não é um marido ciumento que lhe fala, Clémence, é o marido amoroso, o amante, o amigo, o irmão. – Então jogou-se apaixonadamente a seus pés. – Fale, querida, não para se justificar, mas simplesmente para acalmar meus horríveis sofrimentos. Eu tenho plena certeza de que você saiu. Pois então? O que foi que você fez, que não pode me contar? Aonde foi?

---

45. Personagem de *O barbeiro de Sevilha,* de Beaumarchais, o tutor ciumento de Rosina, que pretende casar-se com ela para ficar com sua fortuna. (N.T.)

– Sim, eu saí, Jules – respondeu ela, com a voz alterada, embora conservasse a fisionomia calma. – Mas não me pergunte nada mais. Espere com confiança, caso contrário, você vai criar para si mesmo remorsos eternos. Jules, meu Jules, a confiança é a maior virtude do amor. Eu confesso, mas neste momento estou perturbada demais para conseguir lhe responder. Mas eu não sou uma mulher falsa, tampouco infiel, eu o amo e você sabe muito bem disso.

– Em meio a tudo que pode quebrantar a fé no coração de um homem, despertar-lhe os ciúmes... Pois não sou mais o primeiro em seu coração, não sou mais um só com você... Pois bem, Clémence, prefiro ainda acreditar em você, quero ardentemente crer em sua voz, confiar em seus olhos!... Mas se você me engana, sem a menor dúvida merecerá...

– Ora! Mil mortes!... – exclamou ela, interrompendo-o.

– Eu nunca escondi de você o menor de meus pensamentos, mas você... você...

– Psiu!... – disse ela. – Nossa felicidade depende agora de um silêncio mútuo.

– Ah, não! Eu quero saber tudo! – exclamou ele de repente, deixando-se dominar por um violento acesso de raiva.

Nesse momento, ouviram-se gritos femininos e os sons estridentes de uma vozinha furiosa chegaram da antecâmara até o quarto em que estavam os esposos.

– Eu vou entrar, estou dizendo! – prosseguiram os gritos. – Sim, eu vou entrar, quero me encontrar com ela e vou falar com ela!

Jules e Clémence precipitaram-se para o salão, cujas portas logo se abriram com violência. Uma garota cruzou subitamente a porta, seguida de dois criados, que tentavam em vão segurá-la e que disseram ao patrão:

– Senhor, esta mulher quer entrar aqui à força, apesar de tudo o que fizemos. Nós lhe dissemos que madame tinha saído. Ela respondeu que sabia muito bem que madame tinha saído, mas que acabava de vê-la voltar. Ela ameaçou ficar gritando e batendo na porta da rua até conseguir avistar-se com a senhora...

– Está certo, retirem-se – disse *monsieur* Desmarets a seus criados. Depois, voltou-se para a desconhecida. – O que deseja, *mademoiselle*?

Essa "*mademoiselle*" era o tipo de mulher que só se encontra em Paris. Ela se cria em Paris como a lama das ruas, como os paralelepípedos que calçam essas ruas, como a água do Sena é fabricada em Paris, em grandes reservatórios, em que a indústria filtra a água do rio dez vezes antes de distribuí-la em garrafas de vidro facetado, em que ela cintila tão clara e tão pura, depois de ter sido tão lodosa e imunda. De modo semelhante, essas criaturas são verdadeiramente originais. Vinte vezes capturadas pelo pincéis dos pintores, pelos lápis dos caricaturistas ou pelos carvões dos desenhistas, elas escapam a todas as análises, porque são irretratáveis em todas as suas facetas, assim como é a natureza da cidade, tal como é essa fantástica Paris. Com efeito, elas não se prendem ao vício senão por um único raio, enquanto se afastam dele por mil outros pontos da circunferência social. De qualquer modo, elas não deixam adivinhar senão um traço de seu caráter, o único que as torna dignas de censura; as mais belas virtudes que porventura tenham são sempre escondidas; seu despudor é ingênuo, mas é dele que mais se orgulham. Traduzidas de forma incompleta em todos os dramas e livros em que foram descritas como personagens, colocadas diante da ribalta com toda a poesia que lhes é própria, elas nunca agem com sinceridade fora de seus quartinhos de sótão, porque sempre serão, em qualquer outro lugar, ou caluniadas ou lisonjeadas. Se forem ricas, viciam-se; se forem pobres, serão incompreendidas. E como poderia ser de outro modo? Têm ao mesmo tempo vícios em excesso e boas qualidades em demasia; estão ao mesmo tempo perto demais das alturas sublimes onde o ar rarefeito provoca a asfixia e dos risos aviltantes que refletem as maiores baixezas; são simultaneamente belas demais e horrorosas demais; são a perfeita personificação de Paris e são elas que acabam fornecendo à cidade suas porteiras desdentadas, suas lavadeiras das roupas mais imundas, suas varredoras de rua, suas mendigas famintas e, de quando em vez, condessas impertinentes, atrizes admiradas e cantoras que recebem todos os aplausos; até chegaram a dar à monarquia duas quase-rainhas, em tempos que já vão distantes. Quem poderia descrever uma mulher assim, com todas as qualidades de um Proteu?[46] Ela é a mulher completa, menos que a mulher, mais do que a mulher. Desse vasto retrato, um pintor de costumes não pode mostrar senão alguns detalhes, porque o conjunto é infinito. Aquela que ali entrara era uma *grisette* de Paris, apenas uma costureira, mas uma costureira em todo o seu esplendor: a costureira que pode dar-se ao luxo de andar de fiacre, feliz, jovem, bela, suave, mas costureira mesmo assim, costureira acostumada com colchetes e tesouras, atrevida como uma espanhola, impertinente como uma inglesa virtuosa a reclamar seus direitos conjugais, vaidosa como uma dama da alta sociedade, porém mais franca e disposta a tudo; uma verdadeira leoa, saída de um pequeno apartamento mal-mobiliado, em que tantas vezes sonhara com cortinas de chita vermelha, com móveis estofados de veludo holandês de Utrecht, com uma mesinha de chá, com uma coberta de porcelana decorada com figuras estampadas, com um pequeno sofá para conversar com alguém, com um tapetinho de lã colorida, um relógio de pêndulo em imitação de alabastro e candelabros com mangas de vidro, enquanto vivia em seu quartinho de paredes amareladas, com um acolchoado de lã enovelada

---

46. Personagem da mitologia greco-romana, capaz de assumir todas as formas. (N.T.)

e frouxa sobre a cama. Em resumo, todas as alegrias da vida de uma costureirinha: o quarto de uma governanta, que antigamente também foi *grisette*, mas uma costureira acompanhada por bigodes e galões a noitadas de teatro e outros espetáculos, a quem pagavam todas as guloseimas que tivesse vontade de comer, a quem davam vestidos de seda e chapéus não demasiado caros; enfim, dotada de todas as felicidades sonhadas pelas modistas diante de seus balcões, tão fáceis de obter quanto um bastão de marechal nos sonhos de um soldado. E acontece que aquela costureirinha em particular tinha conseguido tudo isso, graças a uma afeição verdadeira ou, quem sabe, apesar de uma afeição verdadeira, como outras que tudo obtêm em troca de uma hora por dia, uma espécie de imposto adquirido despreocupadamente e pago por algum velhote solitário. A jovem que se apresentava a *monsieur* e madame Jules usava sapatos tão decotados que mal se divisava uma estreita linha negra entre o tapete e suas meias brancas. Esse tipo de calçado, de que os caricaturistas parisienses nos deixaram tantos retratos, é particularmente favorecido pelas costureiras e bordadeiras de Paris; mas ela traía ainda melhor sua condição social aos olhos do observador por meio do cuidado com que suas roupas se colavam a suas formas a fim de desenhá-las nitidamente. Desse modo, a desconhecida estava, para não perder a expressão pitoresca criada pelos soldados franceses, *afivelada* dentro de um vestidinho verde de tecido fino e meio transparente, que deixava adivinhar a beleza de seu busto, quase perfeitamente visível, porque seu xale de caxemira de Ternaux[47] se arrastava pelo chão, permanecendo preso a seu corpo apenas pelas duas pontas, que ela segurava um tanto

---

47. Guillaume-Louis Ternaux (1763-1833), comerciante de tecidos e político francês; tentou aclimatar na França uma espécie de cabras montesas tibetanas, cuja lã usava para fabricar um tecido conhecido como "caxemira de Ternaux". (N.T.)

retorcidas entre as mãos. Seu rosto era estreito, com faces rosadas, embora a pele fosse alva, tinha olhos cinzentos e cintilantes, uma testa arqueada, bastante proeminente, e cabelos cuidadosamente alisados que escapavam de seu chapeuzinho e derramavam-se em madeixas grossas sobre seu pescoço.

– Meu nome é Ida, senhor. E se essa aí é madame Jules e tenho a vantage de falá com ela agora, tou aqui pra dizê a ela tudo o que tenho no coração, tudo que tenho contra ela. É muito mal-feito, quando uma mulhé tem a vida arranjada e quando ela tem toda a sua mobília como você tem aqui, é memo muito mal-feito querê tirá de uma moça pobre um home com o qual eu já contraí um casamento moral e que inté me fala de corrigir suas maldade p'ra comigo indo se casá no *cartório* comigo. Há tanto moço bonito nesse mundo, não é mesmo, *cavalheiro*? Você pode praticá à vontade suas fantasia com quem quisé, sem percisá tirá de mim um home já véio, mas que me faiz feliz. Pois então, eu não tenho casa bonita que nem você, mas tenho meu amor!... *Eu tenho pavor desses home bonito e do dinhero deles!...* Eu sou puro sentimento e...

Madame Jules se virou para seu marido:

– Vai me dar permissão para não escutar mais nada, cavalheiro – disse ela, dando as costas e retirando-se para seus aposentos.

– Se essa madama tá com o senhor, então eu acho que fiz besteira, pelo que tou vendo. Tanto pior – recomeçou Ida. – Por que raio ela vai visitá *monsieur* Ferragus todos os dias?

– Mas a senhora deve estar enganada, *mademoiselle* – disse Jules, estupefato. – Minha esposa é incapaz de...

– Ah! Mas entonce vocês dois são casado? – exclamou a garota, demonstrando alguma surpresa. – Mas ansim a coisa é muito pior memo! Não é verdade, senhor, uma muié que tem a felicidade de ser casada em legítimo matrimônio e mesmo assim andá se relacionando com um home véio feito o Henri?

— Mas que Henri? — disse *monsieur* Jules, segurando um dos braços de Ida e conduzindo-a até uma peça vizinha, para que sua esposa não escutasse mais nada.

— Ora, Henri é *monsieur* Ferragus...

— Mas ele está morto — disse Jules.

— Morto coisa nenhuma! Ainda onte fui com ele ao Franconi[48] e ele me levou depois até em casa, como era memo a obrigação dele de fazê comigo... Aliás, a sua madama memo pode lê dá boas notícia dele. Pois então? Ela não foi lá fazê uma visita pra ele hoje memo, às trêis da tarde? Eu sei muito bem. Fiquei esperando na rua, porque tem um home muito amável, um *monsieur* Justin, que talveiz o senhor conheça, um velhinho que carrega uns berloque na corrente do relógio e usa espartilho pra não parecê muito gordo, já havia me pervenido que uma madame Jules era minha rival. Esse nome, cavaleiro, é bem-conhecido entre as garota que usam nomes de guerra. Me perdoe, porque agora eu sei que é o seu nome, mas memo que madame Jules fosse uma duquesa da corte, Henri é tão rico que pode sastifazê todas as fantasia dela. Eu só tou aqui porque quero defendê o que é meu e tenho todo o direito. Porque acontece que eu amo ele, o Henri! Foi minha primera inclinação amorosa e nele tá todo o meu amor e toda a minha sorte no futuro. Eu cá não tenho medo de nada, meu senhor; sou honesta e nunca menti nem roubei os bem de qualquer outra pessoa. Memo que minha rival fosse uma imperatriz, eu iria direito a ela pra recramá; e se ela me tirasse meu futuro marido, eu seria capaz de matá ela, memo que fosse imperatriz, porque todas as muieres bonita são iguar, meu senhor...

— Chega! Chega!... — exclamou Jules. — Onde é que você mora?

---

48. Antonio Franconi (1738-1836) e seus filhos Laurent-Antoine (1776-1849) e Jean-Girard-Henri, chamado Minette (1779-1849), cavaleiros acrobáticos e proprietários do Circo Franconi, depois *Cirque Olympique*. (N.T.)

– Eu cá moro na Rue de la Corderie-du-Temple, número 14, meu senhor. Meu nome é Ida Gruget, sou costureira e fabricante de espartilhos, para servi-lo, porque nós fazemos muitos para cavalheiros também.

– E onde mora esse homem que você chama de Ferragus?

– Mas, meu senhor – disse ela, apertando os lábios. – Acontece que ele não é simplesmente um home. É um cavaleiro e talveiz mais rico inté que o senhor. Mas por que o senhor me pergunta o endereço dele, quando sua esposa sabe muito bem? Ele me disse que não contasse pra ninguém. Será que eu sou obrigada a respondê ao senhor?... Não, acho que não, graças a Deus. Não tenho de dizê nada nem ao senhor, nem no confessionário, nem na delegacia de polícia. E depois, eu só depend0 de mim mema.

– E se eu lhe oferecesse vinte, trinta, quarenta mil francos para me dizer onde mora esse *monsieur* Ferragus?

– Ah, ene-a-o-til, meu amiguinho, acabou o papo!... – disse ela, acrescentando a essa singular resposta um gesto popular. – Não tem no mundo dinheiro que me faça dizê isso... Tenho a honra de comprimentá o senhor. Como é que eu saio daqui...?

Jules, apavorado, deixou que Ida partisse, sem se preocupar mais com ela. O mundo inteiro parecia estar desmoronando a seus pés. Tinha ainda a impressão de que o céu acima dela estava também caindo aos pedaços.

– O jantar de *monsieur* está servido – veio dizer seu criado particular.

Ele e o copeiro já estavam esperando há um quarto de hora na sala de jantar, sem que os patrões se apresentassem para a refeição.

– Madame não vai jantar – veio dizer a camareira.

– Qual é o problema, Joséphine? – quis saber o criado particular.

– Ah, não sei – respondeu ela. – Madame está chorando e vai direto para a cama. Decerto o patrão arranjou alguma "ligação" na cidade e ela acabou descobrindo no pior momento, percebe? Eu não me responsabilizo pela vida de madame. Vocês homens não têm jeito! Estão sempre aprontando uma ou outra, sem tomar a menor precaução.

– Ah, mas não mesmo! – retrucou o criado em voz baixa. – É justamente o contrário, foi madame que... você compreende o que quero dizer. Que tempo tem o patrão para arranjar alguma coisinha na cidade, logo ele, que há cinco anos não dorme uma única noite fora do quarto de madame? Ele desce às dez horas para o escritório e só sai dele ao meio-dia para almoçar! Você conhece a vida dele tão bem quanto eu, é perfeitamente regular. É a madame que sai todos os dias às três horas e ninguém sabe aonde ela vai.

– Ora, o patrão também sai! – disse a camareira, querendo tomar o partido da patroa.

– Ele vai à Bolsa para trabalhar, o pobre do patrão. Pois é... – disse o criado de quarto após uma pausa. – Já o avisei três vezes de que o jantar está servido e é a mesma coisa que falar com um armário.

Monsieur Jules entrou.

– Onde está madame? – perguntou.

– Madame foi deitar-se, está com enxaqueca – respondeu a camareira, dando-se ares de grande importância.

Monsieur Jules disse então, com o maior sangue-frio porque estava falando com seus empregados e não queria dar confiança:

– Podem tirar a mesa, então. Vou fazer companhia a madame.

Ele voltou para o quarto em que estava sua esposa e a encontrou chorando, ao mesmo tempo em que abafava os soluços em um lenço.

– E por que está chorando agora? – disse Jules com simplicidade. – Não tem motivo para esperar de mim nem violência nem reprovação. Por que eu desejaria me vingar? Se você não foi fiel ao meu amor, é porque não é digna dele...

– Não sou digna! Não sou digna!

Ela repetiu estas palavras uma porção de vezes, entrecortadas por soluços, e o tom com que foram proferidas teria enternecido o coração de qualquer homem, mas agora não causava o menor efeito sobre Jules.

– Para matá-lo, talvez fosse preciso amá-lo ainda mais do que eu a amo – prosseguiu ele. – Eu não teria coragem suficiente para isso, primeiro eu me mataria e deixaria que você gozasse sua... felicidade... com quem? Para quê?...

Ela não deixou que ele terminasse.

– Não, você não pode se matar! – gritou Clémence, jogando-se aos pés de Jules e abraçando suas pernas.

Mas ele preferia livrar-se desse abraço, sacudiu as pernas, sem conseguir soltar-se, arrastando a esposa em direção ao leito.

– Vê se me larga! – exclamou.

– Não, não, Jules – gritou ela. – Se você não me ama mais, eu vou morrer! Pois bem! Quer saber tudo, então?

– Sim.

Ele a tomou nos braços, apertou-a violentamente, sentou-se à beira da cama, enquanto ela permanecia abraçada a suas pernas. Depois, contemplando com um olhar duro e acusador aquela bela cabeça, cujas faces se haviam avermelhado de emoção; todavia, o fogo era sulcado por lágrimas.

– Ande logo, fale – repetiu.

Os soluços de Clémence recomeçaram.

– Não, é um segredo de vida ou morte. Se eu contasse, eu... Não, não posso! Tenha pena de mim, Jules, por favor!

– A senhora passou a vida me enganando...

– Ah, agora você me trata por *senhora*! – exclamou ela, aos prantos. – Sim, Jules, você pode até crer que eu o engano, mas logo, logo vai ficar sabendo de tudo.

– Mas então já não sei desse Ferragus, desse condenado que você vai visitar todos os dias, desse homem enriquecido pelos seus crimes... Se ele não é seu amante, se você não pertence a ele...

– Ai, Jules!
– Pois então? É ele o nosso benfeitor desconhecido, o homem a quem devemos toda a nossa fortuna, como já me disseram?
– Mas quem lhe falou isso?
– Um homem que matei em duelo.
– Ai, meu Deus! Então já houve uma morte...?
– Bem, se não é seu protetor, se ele não lhe dá dinheiro, então é você que lhe leva meu ouro. Vamos ver, fale, por acaso é seu irmão?
– E daí? – disse ela. – E se fosse?
Monsieur Desmarets cruzou os braços.
– E por que teria escondido isso? – recomeçou ele. – Quer dizer que desde o princípio vocês duas me enganaram, sua mãe e você? E depois, quem é que vai à casa de um irmão todos os dias, ou quase todos os dias, hein?

A mulher caiu desmaiada a seus pés.

– Morreu!? – disse ele. – E se eu estiver errado...?

Deu um salto até o cordão da campainha que chamava os criados, gritou por Joséphine, tomou Clémence nos braços e colocou-a sobre a cama.

– Eu vou morrer – disse madame Jules, voltando a si.

– Joséphine – exclamou *monsieur* Desmarets quando a criada entrou. – Vá procurar *monsieur* Desplein.[49] Logo depois, quero que vá até a casa de meu irmão e peça a ele que venha aqui o mais depressa possível.

– Mas por que chamou seu irmão? – indagou Clémence.

Mas Jules já saíra do quarto.

Pela primeira vez em cinco anos, madame Jules deitou sozinha em sua cama e foi obrigada a deixar entrar um médico em sua câmara sagrada. Não saberia dizer qual das

---

49. Sempre citado pelo sobrenome, é um médico e cirurgião de renome criado por Balzac, que aparece pela primeira vez em uma história localizada em 1794 e ainda é conservado vivo pelo autor até o ano de 1831. (N.T.)

duas coisas lhe havia causado mais dor. Desplein achou que madame Jules estava bastante mal, que sofrera uma emoção muito violenta e que isso a afetara profundamente. Não quis fazer nenhum julgamento apressado e preferiu deixar seu diagnóstico para o dia seguinte, depois de receitar algumas prescrições que não foram absolutamente executadas, porque os interesses do coração tinham feito esquecer todos os cuidados físicos. Chegou a manhã e Clémence não havia conseguido dormir. Ficara preocupada com o murmúrio surdo de uma conversação entre os dois irmãos, que durara diversas horas. Mas as paredes eram grossas e, embora passasse algum som, não era possível distinguir uma só palavra que pudesse revelar o assunto de conferência tão longa. *Monsieur* Desmarets, o tabelião, saiu logo depois. A calma da noite e depois a singular agudeza dos sentidos que é provocada pelas paixões permitiram todavia a Clémence escutar o ruído rascante de uma pena de ganso e os movimentos involuntários de um homem que se ocupa em escrever durante um certo tempo. Aqueles que têm o costume de passar as noites em claro e que já observaram os diversos efeitos acústicos durante um silêncio profundo e mais ou menos prolongado sabem perfeitamente que, às vezes, um ruído leve é fácil de perceber, mesmo provindo do mesmo lugar em que murmúrios iguais e contínuos não podem ser entendidos distintamente. O rumor somente cessou às quatro da manhã. Clémence levantou-se, inquieta e trêmula. A seguir, os pés nus e sem calçar-se, sem colocar sequer um penhoar, sem se dar conta de que estava coberta de suor, nem do estado meio febril em que se encontrava, a pobre mulher abriu cuidadosamente a porta de comunicação entre o quarto e a sala, tendo a sorte de que ela não rangesse nem fizesse qualquer outro ruído. Ela viu o marido adormecido em uma poltrona, com uma pena de ganso manchada de tinta ainda presa entre os dedos. Os morrões que restavam das velas bruxuleavam contra os castiçais. Ela avançou lentamente e leu em um envelope já lacrado e timbrado: Este é meu testamento.

Ela se ajoelhou, tal como se estivesse diante de uma sepultura, e beijou a mão de seu marido, que despertou sobressaltado.

– Jules, meu amigo. Sempre concedem alguns dias de graça aos condenados à morte – declarou ela, seus olhos iluminados pela febre e pelo amor. – A sua esposa é inocente e só lhe pede dois. Deixe-me em liberdade durante dois dias e... espere! Depois disso, morrerei feliz, porque vou saber que, pelo menos, você irá lamentar meu falecimento.

– Clémence, eu lhe concedo esses dois dias.

Ela se pôs a beijar as mãos do marido, em uma comovente efusão de sentimento, enquanto Jules, fascinado por esse grito de inocência, abraçou-a e beijou sua testa, embora se envergonhasse intimamente por se deixar ainda influenciar pelo poder dessa nobre beleza.

No dia seguinte, depois de algumas horas de repouso na poltrona, Jules entrou no quarto de sua esposa, obedecendo inconscientemente a seu antigo hábito de nunca sair sem despedir-se. Clémence estava adormecida. Um raio de sol passava entre as fendas superiores das venezianas e pousava sobre o rosto daquela mulher abatida pelo sofrimento. A dor já havia enrugado levemente sua testa, e o sofrimento empalidecera o rubor fresco de seus lábios. O olhar de um amante não podia enganar-se à vista de algumas manchas escuras sob as órbitas e de uma palidez doentia que substituíam o habitual tom parelho das faces e a alvura fosca de sua tez, duas telas puras sobre as quais se estampavam tão ingenuamente os sentimentos daquela linda alma.

– Ela sofre – murmurou Jules. – Pobre Clémence, que Deus nos proteja!

Ele beijou sua testa bem de leve, mas não o suficiente para que ela não se acordasse, visse seu marido e compreendesse tudo; mas não conseguia falar, tomou-lhe a mão e seus olhos se inundaram de lágrimas outra vez.

– Eu sou inocente – disse ela, terminando o sonho em que estivera mergulhada.

– Você não vai sair hoje? – perguntou Jules incisivamente.

– Não, estou me sentindo fraca demais para sair da cama.

– Se vai mudar de ideia, pelo menos aguarde até que eu retorne – disse Jules.

Saiu logo depois e desceu para o andar térreo.

– Fouquereau, quero que você vigie a porta com o maior cuidado. Quero saber exatamente as pessoas que entrarem nesta casa e quem quer que saia dela.

A seguir, *monsieur* Jules lançou-se dentro de um fiacre de aluguel, ordenou ao cocheiro que o levasse até a mansão de Maulincour, bateu à porta e disse querer falar com o barão.

– O patrão está doente – responderam.

Jules insistiu em entrar, dando seu nome; se não pudesse ver *monsieur* de Maulincour, queria avistar-se com o administrador do bispado ou com a senhora viúva. Esperou durante algum tempo no salão da velha baronesa, que finalmente desceu e veio recebê-lo, dizendo que seu neto estava enfermo e indisposto demais para poder receber visitas.

– Eu conheço perfeitamente, madame – respondeu Jules –, a natureza de sua enfermidade pela carta que a senhora fez a honra de escrever-me e quero pedir que acredite...

– Uma carta para o senhor, cavalheiro!? Uma carta minha...? – exclamou a viúva, interrompendo-o. – Mas eu não escrevi carta nenhuma a ninguém, muito menos ao senhor. E que foi que me fizeram dizer, cavalheiro, o que havia nessa carta?

– Madame – respondeu Jules. – Como eu tinha a intenção de vir à casa de *monsieur* de Maulincour hoje mesmo e devolver esta carta, acreditei poder conservá-la, apesar do pedido que me faziam na conclusão dela. Aqui está a missiva.

A velha viúva puxou o cordão da campainha para chamar uma criada que lhe trouxesse as lunetas e, tão logo lançou os olhos sobre o papel e leu o que ele continha, manifestou a maior surpresa.

– Cavalheiro – disse. – Minha letra está tão perfeitamente imitada, que se não se tratasse de um assunto tão recente, eu mesma me enganaria. Meu neto está doente, isso é verdade, cavalheiro; mas sua razão jamais foi afetada, permanece perfeitamente sã. Estamos sendo o alvo de gente muito má. Seja como for, não consigo adivinhar qual possa ser o objetivo de fabricar uma falsificação tão grosseira da verdade, uma coisa tão impertinente. Eu vou levá-lo para ver meu neto, cavalheiro, e o senhor há de reconhecer que ele está perfeitamente são de espírito e que sua mente funciona sem a menor dificuldade.

Ela puxou novamente o cordão da sineta para mandar o criado perguntar ao barão se ele estava disposto a receber *monsieur* Desmarets. O criado de quarto retornou com uma resposta afirmativa, e Jules subiu até o quarto de Auguste de Maulincour, a quem encontrou sentado em uma poltrona, ao lado da lareira. Todavia, o barão parecia fraco demais para conseguir erguer-se e o saudou com um gesto lânguido; o administrador do bispado de Pamiers lhe fazia companhia.

– Senhor barão – disse Jules. – Eu tenho alguma coisa a dizer-lhe de caráter tão privado, gostaria que ficássemos a sós.

– Cavalheiro – respondeu Auguste. – O senhor comendador está totalmente a par deste triste negócio, e o senhor pode falar diante dele sem temer por sua discrição.

– Senhor barão – recomeçou Jules com voz grave –, o senhor perturbou e quase destruiu minha felicidade, sem que tivesse para isso o menor direito. Até o momento em que vejamos qual de nós pode pedir ou dar uma reparação ao outro, o senhor é obrigado a me ajudar a trilhar esta via tenebrosa em que foi o primeiro a me lançar. Mas não foi por isso que eu vim. O que eu quero do senhor é que me diga o domicílio atual desse ser misterioso que exerce sobre os destinos de todos nós uma influência tão fatal, essa criatura que parece ter sob suas ordens uma potência sobrenatural. Ontem, no momento em que voltava a casa, depois de ouvir suas confissões, recebi uma carta de conteúdo muito estranho, que passo agora a suas mãos.

E Jules apresentou a ele a carta falsa.

– Esse Ferragus, esse Bourignard ou esse cavalheiro de Funcal é um demônio! – exclamou Maulincour depois de ficar a par do conteúdo da mensagem. – Mas em que dédalo espantoso, em que terrível labirinto eu me enfiei? Como posso sair dele...? Eu agi mal, cavalheiro, confesso – disse ele, olhando Jules diretamente nos olhos. – Mas a morte é, certamente, a maior das expiações, e vejo que minha morte se aproxima a passos largos. Até então, pode exigir de mim tudo o que quiser, estou inteiramente a suas ordens.

– Cavalheiro, o senhor deve saber onde mora o desconhecido. Eu desejo absolutamente, mesmo que isso me custe toda a minha fortuna atual, desvendar este mistério; uma vez que nos defrontamos com um inimigo tão cruelmente inteligente, todos os momentos são preciosos...

– Justin lhe dirá todos os detalhes – respondeu o barão.

Ao ouvir essas palavras, o comendador agitou-se desconfortavelmente em sua poltrona.

Auguste puxou o cordão da campainha, para chamar o criado.

– Justin não está na mansão – exclamou o administrador do bispado, demonstrando uma preocupação que indicava um mundo de coisas.

– Tudo bem! – disse Auguste rapidamente. – Nosso pessoal deve saber muito bem onde ele está e um dos criados pode pegar um cavalo e ir procurá-lo. O seu criado está em Paris, não é mesmo? Será fácil encontrá-lo.

O comendador estava visivelmente embaraçado.

– Justin não vai voltar nunca mais, meu amigo – disse o velhinho. – Morreu. Eu queria esconder esse acidente de você, mas...

– Morreu...? – exclamou *monsieur* de Maulincour. – Então ele morreu? Quando? Como?

– Ontem à noite. Ele foi cear com alguns de seus velhos amigos e deve ter-se embriagado; seus amigos, tão bêbados quanto ele, deixaram que se deitasse no meio da rua e um carro pesado passou sobre seu corpo...

– Dessa vez aquele condenado não falhou. Matou-o com o primeiro golpe – disse Auguste. – Ele não teve a mesma sorte comigo, foi obrigado a tentar quatro vezes.

Jules ficou sombrio e pensativo.

– Não me adiantou nada ter vindo, então, saio daqui sem saber mais do que quando entrei – constatou o corretor de ações depois de uma longa pausa. – Mas talvez seu criado tenha sido justamente castigado. Ele deve ter ultrapassado suas atribuições. Certamente não foi por ordem sua que ele caluniou madame Desmarets para uma tal de *Ida,* cujo ciúme ele desencadeou a um ponto que ela foi discutir conosco em nossa própria casa.

– Ah, cavalheiro! Não culpe o coitado. Em minha cólera, eu lhe disse que não me importava com o que fizesse com madame Jules...

– Mas, meu senhor! – exclamou o marido, vivamente irritado.

– Olhe, cavalheiro – disse o oficial, pedindo-lhe silêncio com um aceno. – Agora, estou pronto para tudo. Não poderá fazer melhor do que já está feito e não poderá dizer-me nada que minha consciência já não me tenha dito. Estou esperando esta manhã a visita do mais célebre professor de toxicologia da universidade, a fim de que ele prognostique meu destino. Se estou condenado a passar por sofrimentos grandes demais, já tomei minha decisão, vou estourar o cérebro com um tiro.

– Mas o senhor fala que nem uma criança mimada! – exclamou o comendador, aterrorizado pela calma com que o barão proferira estas palavras. – Sua avó morreria de tristeza...

– Quer dizer então, cavalheiro – disse Jules, com indiferença –, que não nos restou qualquer meio de descobrir em Paris o lugar em que se homizia esse homem extraordinário?

– Acredito, cavalheiro – respondeu o velho comendador –, ter ouvido meu pobre Justin afirmar que *monsieur* de Funcal tinha aposentos na Embaixada de Portugal ou então na Embaixada do Brasil. Esse cavalheiro, *monsieur* de Funcal, parece que pertence aos dois países. Quanto ao condenado a trabalhos forçados, está morto e enterrado. O seu inimigo, quem quer que seja, parece um homem poderoso o bastante para que o senhor tenha de aceitá-lo sob sua nova forma, até o momento em que disponha dos meios para desmascará-lo ou para esmagá-lo diretamente. Mas até lá, aja com prudência, meu caro senhor. Se *monsieur* de Maulincour tivesse seguido meus conselhos, nada disso lhe teria acontecido.

Jules retirou-se polidamente, mas com frieza, sem saber que atitude tomar para chegar até Ferragus. No momento em que retornou a casa, o porteiro veio dizer-lhe, meio constrangido, que madame havia saído para colocar uma carta na caixa de correspondência que havia sido instalada do outro lado da Rue de Ménars. Jules sentiu-se humilhado ao reconhecer a prodigiosa lealdade com que seu porteiro se aliava à sua causa e a habilidade com que adivinhava meios para servi-lo. Ele sabia muito bem como era a solicitude dos subordinados e sua habilidade em comprometer ainda mais os patrões que sabiam já estar comprometidos. Tinha em devida consideração todo o perigo que havia em torná-los seus cúmplices, fosse lá no que fosse. Mas não podia dar-se ao luxo de pensar em sua dignidade pessoal em uma ocasião na qual se via tão subitamente rebaixado. Que triunfo para um escravo, incapaz de elevar-se ao nível de seu amo, conseguir fazer com que ele tombasse até o nível em que se achava! Jules demonstrou-se brusco e duro, percebendo logo que estava cometendo mais um erro. Mas ele sofria tanto! Sua vida, até ali tão simples, tão óbvia, tão pura, tornara-se tortuosa; era obrigado a mascarar seus sentimentos, disfarçar, enganar, mentir... Porque Clémence também enganava e mentia. Esse foi um dos piores momentos de seu desgosto. Perdido em um abismo de pensamentos amargos, Jules permaneceu inconscientemente imóvel do lado de dentro da porta de sua casa. Por momentos, abandonado a ideias geradas pelo desespero, ele queria fugir, deixar a França, levando consigo seu amor ainda envolvido em todas as ilusões da incerteza. A seguir, não conseguia mais pôr em dúvida que a carta lançada à caixa de coleta por Clémence era endereçada a Ferragus e procurava uma maneira de capturar a resposta que mandaria esse ser misterioso. Depois analisava todos os singulares acasos que haviam transformado sua vida após seu casamento e se indagava se a calúnia pela qual exigira uma vingança tão definitiva não era, no final das contas, nada mais que a expressão de uma verdade humilhante. Finalmente, imaginando qual poderia ser a resposta de Ferragus, ele pensava consigo mesmo: "Mas um homem desses, tão extremamente hábil, tão lógico em seus menores atos, que vê, não, que prevê, que calcula nossos atos e chega a adivinhar nossos pensamentos, então esse Ferragus se arriscará a responder? Não empregará outros meios, mais em harmonia com o poder que exerce? Será que não vai mandar a resposta por intermédio de algum hábil espertalhão, ou até mesmo dentro de um pacote trazido por uma pessoa honesta que não fará a menor ideia do que está trazendo ou no envoltório dos sapatos que uma operária trará em completa inocência para serem entregues à minha mulher? Pois se a própria Clémence e ele estão de combinação!". Assim, desconfiava de tudo e percorria o campo imenso das dúvidas, o mar sem praias das suposições; a seguir, depois de haver oscilado durante algum tempo entre mil resoluções opostas, chegou à conclusão de que se achava mais forte dentro das paredes de sua própria casa do que em qualquer outro lugar fora dela e resolveu ficar de emboscada em sua residência, como uma formiga-leão[50] permanece à espera no fundo de sua cova arenosa.

– Fouquereau – disse a seu porteiro –, diga a qualquer pessoa que vier me procurar que eu saí. Se alguém quiser falar com madame ou trouxer a ela qualquer coisa, seja lá o que for, você fará soar a campainha duas vezes. Depois, você me trará para ver em primeiro lugar quaisquer cartas que chegarem, não importa a quem sejam endereçadas!

Subiu então para seu escritório, que estava localizado em uma espécie de sobreloja, enquanto falava de si para si:

– Assim me antecipo às artimanhas de mestre Ferragus. Se ele enviar qualquer emissário esperto o suficiente para perguntar por mim, a fim de saber se "madame" está sozinha, pelo menos não vou ser enganado como qualquer idiota!

Encostou-se às vidraças de uma das janelas de seu escritório, que davam vista para a rua, e, ficou recordando um último ardil que lhe fora inspirado pelo ciúme, pois se decidira a enviar o chefe dos auxiliares de seu escritório de corretagem de ações em seu veículo particular até o prédio da Bolsa, com uma carta para um corretor de câmbio com quem mantinha estreitas relações de amizade, na

---

50. As larvas da formiga-leão alimentam-se de outros insetos que escorregam para dentro de sua cova. (N.T.)

qual incluíra uma lista de todas as compras e vendas que pretendia realizar nesse dia, pedindo-lhe que o substituísse em todas essas operações. Adiara todas as transações mais delicadas para o dia seguinte, pouco se importando com as altas e baixas e não dando a mínima para as dívidas nacionais europeias. Como o amor tem privilégios! Esmaga tudo o mais, faz tudo empalidecer: os juramentos do altar, o poder do trono, até mesmo os livros de contabilidade! Às três e meia, no momento em que a Bolsa se encontrava fervilhando com os relatórios de compra e venda de ações, com o encerramento de contas correntes, com os juros, com os impostos cobrados sobre transações financeiras etc., *monsieur* Jules viu entrar em seu escritório Fouquereau, radiante de felicidade.

– Patrão, acaba de chegar aí uma velha, mas muito arrumada, muito bem-vestida, só que eu acho que é uma mosquinha esperta que deseja espionar a nossa casa. Ela perguntou pelo senhor, fingiu que estava contrariada quando não o encontrou e me entregou uma carta para levar a madame, mas que eu trouxe primeiro para o senhor, como me ordenou.

Jules rasgou o envelope sem o menor cuidado, tomado de uma angústia febril: mas logo caiu em sua poltrona, completamente esgotado. A carta não fazia o menor sentido do começo ao fim. Estava escrita em código e só quem conhecesse a chave poderia decifrá-la.

– Pode ir, Fouquereau – disse ele, dispensando o porteiro, que se retirou. – Ah, este mistério é mais profundo que o mar num desses lugares em que a sonda se perde... Ah, isso é coisa de amor! Só o amor é tão esperto, tão sagaz, tão engenhoso como o homem que escreveu essa carta. Meu Deus! Vou acabar matando Clémence!

Nesse momento, uma ideia feliz brotou de seu cérebro com tanta força que ele quase sentiu que estava sendo iluminado fisicamente por um holofote. Na época de sua laboriosa miséria, antes de seu casamento, Jules havia arranjado um amigo muito fiel, um verdadeiro *Pméja*.[51] A tremenda delicadeza que este demonstrara para evitar ferir as suscetibilidades de um amigo pobre e modesto, o respeito com que o havia tratado, a habilidade engenhosa com que o havia nobremente feito partilhar de sua relativa opulência, sem que ele enrubescesse de vergonha, fizeram com que aumentasse cada vez mais sua amizade recíproca. E Jacquet permanecera fiel em sua amizade com Desmarets, mesmo depois que este fizera fortuna.

Jacquet, um homem de grande probidade, trabalhador, de costumes austeros, havia aberto lentamente seu caminho e fizera carreira logo no ministério que exige ao mesmo tempo o maior jogo de cintura e a maior honestidade. Empregado no *Ministère des Affaires Etrangères*, o equivalente ao Ministério do Exterior, fora encarregado da parte mais difícil dos arquivos. Jacquet era no ministério uma espécie de vaga-lume que ligava sua luzinha a qualquer momento em que fosse preciso sobre as correspondências secretas, decifrando e classificando os despachos. Colocado em posição mais alta que um simples burguês, ocupava no Ministério do Exterior o posto mais elevado a que podia aspirar um funcionário de segundo escalão e vivia modestamente, feliz em uma obscuridade que o colocava ao abrigo dos reveses políticos, satisfeito em pagar pouco a pouco sua dívida para com a pátria. Além disso, era por nascimento membro do conselho da prefeitura de seu bairro, obtendo, desse modo, como diria um jornalista, toda a consideração que lhe era devida. Graças ao auxílio de Jules, sua posição social se elevara por meio de um bom casamento. Patriota anônimo, funcionário responsável de

---

51. Jean de Pechméja (1741-1785), literato francês, cujo nome é escrito de quatro maneiras diferentes por Balzac. Era amigo de um dr. Dubreil, que contraiu uma doença infecciosa e pediu-lhe que impedisse a entrada de qualquer pessoa, para não transmitir a doença. Pechméja cumpriu as instruções, mas adquiriu a doença e morreu quinze dias depois de Dubreil. (N.T.)

fato por todo o andamento do ministério, contentava-se em comentar discretamente, ao lado da lareira, a maneira como marchavam os assuntos do governo. Além disso, em seu próprio lar, Jacquet era um rei benevolente, um rei que andava a pé e de guarda-chuva e que entregava todos os seus vencimentos à discrição da esposa, sem retirar nada para si próprio. Finalmente, para concluir o retrato desse *filósofo inconsciente*, até aquele momento não suspeitara e, de fato, não era de feitio a suspeitar jamais de todo o partido que poderia tirar de sua posição, ainda mais tendo como amigo íntimo um agente de câmbio, uma vez que a cada manhã ficava a par de todos os segredos de Estado. Era um homem sublime, à maneira do soldado desconhecido que morrera ao salvar Napoleão ao gritar "quem vem lá?" e cujo único benefício adicional de seu cargo era lhe dar um apartamento para morar no Ministério, pois poderia ser chamado ao serviço a qualquer momento.

Em dez minutos Jules estava no escritório do arquivista. Jacquet puxou uma cadeira para que sentasse, colocou metodicamente sua pala de tafetá verde sobre a mesa, que usava como proteção contra o excesso de luz, esfregou as mãos, pegou a tabaqueira para tomar uma pitada de rapé, espreguiçou-se de modo a fazer com que suas omoplatas estalassem, respirou fundo até encher os pulmões e indagou:

– Mas o que o trouxe aqui, *monsieur* Desmarets? Por que veio me procurar?

– Jacquet, tenho necessidade de você para me ajudar a desvendar um segredo, um segredo de vida ou morte...

– Isso tem alguma relação com a política?

– Não seria a você que eu perguntaria sobre algum segredo do governo, caso quisesse descobrir um – declarou Jules. – Não, meu amigo, é um assunto doméstico, mas sobre o qual exijo que mantenha o silêncio mais profundo.

– Claude-Joseph Jacquet, mudo de profissão. Então não me conhece?... – disse ele, rindo. – A discrição é a minha característica principal.

Jules mostrou a carta que fora endereçada a sua esposa e disse:

– Tenho necessidade de saber o que diz este bilhete que mandaram para minha mulher.

– Diabo! Mas que diabo! Que negócio mais chato! – disse Jacquet, enquanto examinava a carta, da mesma maneira que um usurário examina uma carta de crédito. – Ah, mas é uma carta escrita em grade... Espere um momento...

Deixou Jules sozinho no gabinete, mas voltou logo em seguida.

– Ninharia, meu amigo! Foi escrito em uma cifra antiga, que o Embaixador de Portugal usava tempos atrás, no tempo de *monsieur* de Choiseul,[52] quando expulsaram os jesuítas... Pronto, aqui está a solução.

Jacquet superpôs à carta um cartão perfurado regularmente, como uma dessas com rendas que os confeiteiros de Paris enfeitam suas tortas. Agora foi fácil para Jules ler as palavras ou frases que se enxergavam através das aberturas do cartão.

"Não se inquiete mais, minha querida Clémence, nossa felicidade não será mais prejudicada por ninguém e seu marido vai esquecer suas suspeitas. Não posso ir à sua casa. Por mais doente que esteja, é preciso que você reúna a coragem necessária para vir aqui; procure em teu coração, reúna a energia necessária; será fácil reunir forças do tesouro de seu amor. Minha afeição por você me obrigou a sofrer a mais cruel das operações e agora me é impossível sair do leito. Ontem à tarde me aplicaram uns bastões de moxá[53] contra a nuca, de um ombro ao outro, e eles estão acesos e vão continuar queimando ainda por bastante tempo. Você sabe

---

52. Étienne-François, duque de Choiseul (1719-1785), ministro do Exterior de Louis XV de 1758 a 1770, expulsou os jesuítas da França em 1762. (N.T.)

53. Bastonetes ou cones de artemísia, ou mesmo ramos desta planta, que eram queimados contra a pele em determinadas regiões do corpo, provocando um efeito semelhante ao da acupuntura para supressão de dores crônicas. (N.T.)

como é? Mas eu pensava em você o tempo todo e não sofri muito. Para despistar todas as investigações de Maulincour, que não vai nos perseguir por muito tempo mais, deixei o teto protetor da Embaixada e arranjei um alojamento no qual estou certo de estar a salvo de qualquer busca, na Rue des Enfants-Rouges, número 12, em casa de uma velhota chamada madame Étienne Gruget, a mãe daquela Ida, que me vai pagar caro pela burrice que cometeu. Venha amanhã, às nove horas da manhã. Estou em um quarto a que somente se chega por uma escada interior. Pergunte por *monsieur* Camuset. Até amanhã. Um beijo em sua fronte, minha querida."

Jacquet contemplava Jules com uma espécie de terror de homem honesto, um de cujos ingredientes era uma compaixão sincera, e repetiu sua expressão favorita em dois tons diferentes:

– Diabo!... Mas que diabo!

– Já vi que isto lhe parece perfeitamente claro – disse Jules. – Pois muito bem, lá no fundo de meu coração ainda existe uma voz suave que defende minha esposa e se faz escutar mais alto que todas as dores que me provoca o ciúme. Até amanhã vou sofrer o mais horrível dos suplícios; seja como for, amanhã, entre as nove e dez horas, vou ficar sabendo tudo e serei feliz ou infeliz para o resto da vida. Obrigado, Jacquet. Pense em mim.

– Vou à sua casa amanhã de manhã, por volta das nove... Vamos até lá juntos e, se você quiser, fico à sua espera na rua. Mas acontece que você pode estar correndo perigo de vida, e é necessário ter um amigo verdadeiro ao seu lado, alguém capaz de compreender meias-palavras e decifrar pensamentos, alguém em quem você possa confiar totalmente. Conte comigo para o que der e vier.

– Mesmo para me ajudar a matar alguém?

– Diabo!... Mas que diabo! – disse Jacquet meio assustado, mas como se repetisse uma nota musical. – Veja lá o que você faz! Tenho mulher e dois filhos...

Jules apertou a mão de Jacquet e saiu. Mas retornou às pressas.

– Esqueci a carta – explicou. – E não é só isso, temos de fechá-la de novo...

– Diabo!... Mas que diabo! – disse Jacquet. – Você abriu a porcaria dessa carta sem o menor cuidado; a sorte é que o lacre não se estragou. Deixe comigo, daqui a pouco eu a levarei *secundum scripturam*...[54]

– A que horas?...

– Às cinco e meia...

– Se eu não tiver voltado, pode entregá-la com toda a confiança ao porteiro, ele está do meu lado: diga a ele que já pode entregar a carta a madame.

– Pois bem. Quer que eu vá com você amanhã?

– Não, não quero. Adeus.

Jules chegou em seguida à Place de la Rotonde du Temple, onde fez estacionar seu cabriolé e seguiu a pé pela Rue des Enfants-Rouges a fim de examinar a residência de madame Étienne Gruget. Era ali que se deveria esclarecer o mistério de que dependia o futuro de tantas pessoas; era ali que se achava o tal Ferragus, e era Ferragus que puxava todos os cordéis daquela intriga. Pois então, haveria uma entrevista, como não? Mas não era a reunião de madame Jules, de seu marido e do homem ao qual não faltaria o nó górdio desse drama já sangrento, o gládio que desata de um golpe os nós mais apertados?

A casa era do tipo que costumavam chamar de *cabajoutis*. Esse nome tão significativo foi dado pelo povo de Paris a um tipo de casas construídas, por assim dizer, aos poucos. Quase sempre eram casas inicialmente separadas, mas reunidas pela fantasia de sucessivos proprietários, que as iam aumentando progressivamente. Ou então casas começadas, abandonadas, recomeçadas e concluídas de maneira

---

54. Segundo as Escrituras. Em latim no original. Trocadilho com o Credo Niceno que refere que Jesus Cristo *ressuscitou, segundo as Escrituras*. (N.T.)

incompleta; casas infelizes que tiveram de passar, como o fizeram alguns povos, sob diversas dinastias de amos caprichosos. Nem os andares, nem as janelas *têm equilíbrio,* para empregar um termo tomado de empréstimo aos pintores e críticos de arte, um de seus termos mais descritivos; tudo destoa, nada faz conjunto, nem mesmo os ornamentos da fachada. Os *cabajoutis* são para a arquitetura parisiense o mesmo que "cafarnaum"[55] representa para a decoração dos apartamentos, uma verdadeira confusão em que foram jogadas ao acaso as formas mais discordantes.

– Madame Étienne está? – perguntou Jules à porteira.

A porteira alojava-se logo abaixo da grande porta, em uma espécie de gaiola, na verdade uma casinha de madeira sobre rodas, muito parecida com essas casinholas que a polícia construiu para colocar um guarda de trânsito em todas as praças em que há fiacres de aluguel.

– Hein? – resmungou a porteira, largando a meia que estava tricotando.

Em Paris, os diferentes temas que se reúnem para formar a fisionomia de um pedaço qualquer desta monstruosa cidade se harmonizam admiravelmente com o caráter do conjunto. Desse modo, porteiro, guarda-portão ou "guarda suíço", qualquer que seja o nome dado a esse músculo essencial do monstro parisiense, ele sempre assume as características do bairro em que trabalha e, muitas vezes, é um resumo vivo dessas particularidades. Usando roupas que já foram elegantes, quase sempre ocioso, o porteiro especula sobre as rendas de seus patrões no Faubourg Saint-Germain; o guarda-portão da Chaussée-d'Antin porta-se com familiaridade, lê os jornais no bairro da Bolsa e mostra-se imponente no Faubourg Montmartre.

---

55. Em francês *capharnaüm*. O termo é empregado em português pelos autores clássicos, românticos e realistas no mesmo sentido de depósito de coisas antigas, confusão, miscelânea, lugar de tumulto e desordem. *Cabajouti* é uma contração intraduzível de *"cabanes ajoutis",* ou "casebres reunidos". (N.T.)

Já a porteira, em geral é uma antiga prostituta da zona do meretrício; no Marais, tem boas maneiras, mas não é fácil de abordar, porque tem lá os seus caprichos.

Ao ver *monsieur* Jules, aquela porteira em particular pegou uma faca comprida para remexer no borralho que envolvia as brasas quase apagadas de seu fogareiro a carvão; depois, virando-se para ele, indagou:

– O senhor me pergunta sobre madame Étienne. Por acaso, estará falando de madame Étienne Gruget?

– É claro – disse Jules Desmarets, com o ar de quem está meio aborrecido.

– Aquela que trabalha com passamanaria?[56]

– Ela mesma.

– Tudo bem, senhor – disse a porteira, saindo de sua gaiola e pondo a mão no braço de *monsieur* Jules a fim de conduzi-lo até o fim de um longo corredor escuro e abobadado como um túnel. – Agora o senhor suba pela segunda escada no fim do pátio. Está vendo aquelas janelas com os canteirinhos de gerânios? É ali que mora madame Étienne, como o senhor disse.

– Obrigado, madame. Ela estará sozinha agora?

– E por que a mulher não ia estar sozinha? Ela é viúva...

Jules subiu rapidamente por uma escada bastante escura, cujos degraus tinham uma espécie de calosidades, formadas pela lama endurecida que ali deixavam os calçados dos que iam e vinham. No segundo andar, ele viu três portas, só que aqui não havia gerânios. Por um acaso feliz, em uma dessas portas, justamente a mais suja e mais escurecida das três, ele viu algumas palavras escritas a giz: Ida voltará esta noite, às nove horas. "É aqui", pensou Jules. Segurou um velho cordão de campainha, tão ensebado que

---

56. Fabricação de fitas, galões, franjas ou borlas, bordados ou forrados com fios de ouro, prata ou seda dourada, para enfeitar uniformes militares, trajes ou vestidos de gala, librés, cortinas, móveis estofados etc. (N.T.)

já estava totalmente enegrecido, com uma borla imunda na ponta, e escutou o sonido abafado de uma sineta que parecia estar rachada e os latidos de um cãozinho asmático. A maneira segundo a qual os sons retiniam dentro do apartamento indicara que as peças deveriam estar entupidas de todo tipo de coisas, que não permitiam a sobrevivência do menor eco, um traço característico dos alojamentos ocupados por operários ou por famílias pobres, tão pequenos que lhes falta espaço e ar. Jules procurou distraidamente os gerânios e acabou por divisar alguns deles sobre o peitoril externo de uma janela de guilhotina, entre dois canos malcheirosos. Ali estavam as flores: era um jardim de sessenta centímetros de comprimento por quinze de largura; ali havia também algumas hastes de trigo que resumiam toda uma vida e também todas as misérias que podem afetar uma vida... Diante das flores meio murchas ao lado de soberbos ramos de trigo, um raio de luz solar, caindo do céu como por milagre divino, servia apenas para salientar a poeira acumulada, a graxa entranhada e aquela coloração indefinível dos pardieiros parisienses, composta por mil sujeirinhas acumuladas ao longo dos anos, que emolduravam, envelheciam e manchavam as paredes úmidas, os corrimões carunchados da escada, os caixilhos desconjuntados das janelas e as portas que primitivamente haviam sido pintadas de vermelho. Não demorou muito para que ele escutasse a tosse de uma velha e os passos pesados de uma mulher que arrastava com dificuldade chinelos de brim, anunciando a aproximação da mãe de Ida Gruget. A velha abriu a porta, saiu para o patamar da escada diante dela, ergueu bem a cabeça e falou:

– Ah, é *monsieur* Bocquillon. Ah, não, não é... Mas como o senhor é parecido com *monsieur* Bocquillon! O senhor é irmão dele, não é? Bem que podia ser... O que posso fazer para servi-lo? Faça-me o favor de entrar, cavalheiro...

Jules seguiu a mulher até uma peça de entrada, uma saleta em que viu uma enorme massa de gaiolas, utensílios domésticos, fogareiros, móveis, pratinhos de barro cheios de restos de comida ou de água para o cachorro e os gatos, um relógio de madeira, talheres e pratos avulsos, gravuras de Eisen,[57] um monte de ferros velhos de utilidade duvidosa, amontoados, misturados, enroscados de modo a formar um quadro verdadeiramente grotesco, o verdadeiro bricabraque parisiense, ao qual não faltavam nem ao menos alguns exemplares antigos do jornal *Constitutionnel*.

Jules, dominado por uma sensação íntima de que deveria ser prudente, fez que não ouviu o novo convite da viúva Gruget, que lhe dizia:

– Entre, entre, venha para cá, senhor, aqui dentro está mais quente...

Com medo de ser escutado por Ferragus, Jules cogitava se não seria melhor concluir o negócio que pretendia propor à velha senhora ali mesmo naquela pecinha de entrada. De repente, uma galinha saiu cacarejando de um desvão e o despertou de suas meditações secretas. Jules tomou uma resolução. Seguiu então a mãe de Ida até a peça em que fora acendido o fogo, sendo acompanhados pelo cachorrinho ofegante, personagem mudo, que saltou para cima de um velho tamborete, em que parecia trepar habitualmente. Madame Gruget demonstrara toda a vaidade das pessoas que por um triz não chegam a ser miseráveis, quando falara em aquecer seu hóspede. A panela que estava pendurada sobre o fogo escondia completamente dois tições perceptivelmente distantes um do outro. A escumadeira jazia no assoalho, com o cabo no meio das cinzas. O tampo da chaminé, ornamentado com um Jesus de cera guardado dentro de uma caixa quadrada de vidro em que haviam sido coladas franjas de papel azulado, estava atopetado de

---

57. Charles-Dominique-Joseph Eisen (1720-1778), gravador, desenhista e pintor francês. (N.T.)

novelos de lã, carretéis e outros utensílios necessários para o trabalho de passamanaria. Jules examinou todos os móveis do apartamento com uma curiosidade cheia de interesse, manifestando sua satisfação, ainda que a contragosto.

– Pois então, cavalheiro, diga-me de uma vez se está querendo comprar meus móveis, já que está olhando tudo com tanta atenção que parece um avaliador... – falou-lhe a viúva, sentando-se em uma cadeira de vime que parecia ser o seu quartel-general. Em volta dela, guardava ao mesmo tempo um lenço, a tabaqueira de rapé, o tricô em que estava trabalhando, um prato com legumes descascados pela metade, óculos sem aro, um calendário, enfeites de libré começados, um baralho de cartas ensebadas e até mesmo dois romances, tudo misturado na maior desordem. O móvel, sobre o qual a velhinha *descia o rio da vida*, parecia uma daquelas bolsas gigantescas que as mulheres usam em viagem e nas quais se encontra um resumo de sua própria casa, desde um retrato do marido até um frasco de água de melissa para o caso de um desmaio, além de pastilhas para as crianças e um rolo de esparadrapo inglês para fazer curativos em eventuais ferimentos.

Jules estudava tudo ao seu redor. Olhou atentamente para o rosto amarelado de madame Gruget, seus olhos cinzentos e sem sobrancelhas, sequer pestanas, sua boca "sem móveis", isto é, desdentada, suas rugas cheias de uma tonalidade escura, talvez mal-lavadas, a touca de pano de mosquiteiro desbotado, com plissados mais desbotados ainda, suas saias de chita esburacada, suas pantufas puídas, seu fogareiro manchado, sua mesa abafada por pilhas de pratos usados e tecidos de seda, de algodão e de lã, bem no meio da qual erguia-se orgulhosa uma garrafa de vinho. E pensou imediatamente: "Essa velha tem alguma paixão, tem alguns vícios secretos, já ganhei a partida...".

– Madame – falou em voz bem alta, enquanto lhe fazia um sinal para ficar calada. – Vim encomendar uns galões para a libré de meus lacaios...

Depois, baixou bem a voz e continuou:

– Eu sei muito bem que a senhora tem em casa um desconhecido que lhe deu o nome de Camuset...

A velhota lhe lançou um olhar rápido e avaliador, sem lhe dar o menor sinal de que se havia espantado, mas também sem responder. Ele continuou:

– Diga-me, esse homem pode nos escutar? Olhe que poderá ganhar uma fortuna, se souber aproveitar bem esta oportunidade que lhe ofereço...

– Cavalheiro – respondeu ela –, pode falar sem medo. Não tenho ninguém em casa. Mas eu tenho alguém lá em cima, só que é impossível que ele consiga escutar desta distância.

"Mas que velha mais esperta", pensou Jules, "ela sabe responder sem se comprometer... Acho que podemos nos acertar..."

– Madame – recomeçou –, não se dê ao trabalho de mentir. Em princípio, saiba muito bem que não lhe desejo qualquer mal, nem a seu locatário doente e cheio de moxás, nem muito menos à sua filha Ida, fabricante de corseletes e amiga de Ferragus. Como está vendo, estou a par de tudo. Fique tranquila, que não sou da polícia e não desejo nada da senhora que lhe possa ofender a consciência. Uma jovem dama pretende vir aqui amanhã de manhã, entre as nove e dez horas, para conversar com o amigo de sua filha. Eu desejo que a senhora me arranje um lugar de onde eu possa ver tudo e ouvir tudo, sem ser visto nem escutado por eles. Se a senhora arranjar uma maneira para que isso venha a ser realizado, eu agradecerei sua consideração por uma soma de dois mil francos, paga à vista, mais uma renda de seiscentos francos em caráter vitalício. Se concordar, virei aqui com meu notário e ele preparará os documentos necessários diante de suas vistas. Ele lhe remeterá o dinheiro que lhe prometi e ele lhe entregará essa mesma soma amanhã, logo depois que se realizar essa conversa a que eu quero assistir e ouvir e durante a qual terei as provas de sua boa-fé.

– Mas isso poderá prejudicar minha filha... – disse ela, lançando-lhe um olhar parecido com o de uma gata assustada.

– De forma alguma, madame. Aliás, segundo me parece, sua filha se portou muito mal com a senhora. Uma vez que namora um homem tão rico e poderoso como Ferragus, bem que este poderia, com a maior facilidade, torná-la mais feliz do que a senhora me parece ser...

– Ah, meu caro senhor! Pois não é que não me dá nem ao menos um triste bilhete para o espetáculo de l'Ambigu ou da Gaîté,[58] onde ela vai sempre que lhe dá vontade? É uma indignidade! Logo ela, um filha por quem eu vendi meus talheres de prata e agora estou comendo, na minha idade, com talheres de zinco alemão, só para pagar o estudo dela e lhe dar uma situação em que ela poderia nadar em ouro, se tivesse sabido aproveitar... Porque nisso ela puxou a mim, é habilidosa como uma fada, justiça seja feita. Ai, pelo menos ela podia me dar os vestidos de seda velhos que nem usa mais, logo eu, que gosto tanto de usar seda... Não, cavalheiro, ela vai ao Cadran-Bleu,[59] onde se janta a cinquenta francos por cabeça, anda pra cima e pra baixo de carruagem, que nem uma princesa, e ainda faz troça de sua mãe, ri da minha cara sem a menor consideração... Deus do céu, que juventude ingrata esta que nós fizemos, e olhe que isto não é elogio nenhum. Uma mãe, cavalheiro, que sempre foi uma boa mãe, porque eu escondi sempre do pai as suas travessuras e sempre a conservei perto de mim e chegava a tirar o pão da minha boca para que não

---

58. L'Ambigu-Comique e La Gaîté Parisienne, teatros populares de Paris, onde se assistiam a espetáculos de variedade, danças, números cômicos e peças teatrais populares. (N.T.)
59. O "Relógio Azul", restaurante então na moda, na esquina do Boulevard du Temple com a Rue Charlot. (N.T.)

lhe faltasse nada!... E o que foi que consegui com isso? Ela chega, lhe faz uns carinhos, diz "bom dia, mamãe" e acha que já cumpriu todos os seus deveres para com a autora de seus dias... Mas tudo bem, mais cedo ou mais tarde ela vai levar o dela. Vai ter filhos qualquer dia desses e vai ver como é esse mau negócio; e o pior, cavalheiro, é que ter filhos é mesmo um mau negócio, mas a gente gosta deles apesar de tudo...

– Quer dizer então que ela não faz nada pela senhora? – disse Jules aproveitando a pausa, enquanto a outra respirava.

– Ah, nada não, cavalheiro, não estou dizendo isso, se ela não fizesse nada, assim seria demais, quer dizer, um pouco demais, não é mesmo? Não, ela me paga o aluguel, me compra lenha e me dá 36 francos por mês... Mas, senhor, em minha idade, 52 anos, com esses meus olhos que passam ardendo todas as noites, o senhor acha que eu ainda devia trabalhar? Afinal de contas, *por que é que* ela não quer sair comigo? Será que tem vergonha de mim? Então que diga logo. Na verdade, nós devíamos morrer e ser enterradas pra não incomodar mais essas cadelas de filhas que nos esquecem mal fecharam a porta da rua... – Ela tirou um lenço do bolso e veio junto um bilhete de loteria, que caiu no assoalho; ela se abaixou e agarrou imediatamente o pedaço de papel, dizendo: – Opa! Não posso perder isso, é o recibo dos meus impostos...

Jules adivinhou então a causa da parcimônia forçada de que tanto se queixava a mãe e imediatamente teve a certeza de que a viúva Gruget concordaria com a proposta que lhe estava fazendo.

– Pois então, madame, vai aceitar a proposta que lhe fiz...?

– O senhor me ofereceu, cavalheiro, dois mil francos à vista e uma renda de seiscentos francos por toda a vida?

– Não, madame, acho que mudei de ideia. Vou lhe prometer somente trezentos francos de renda vitalícia. Acho que o negócio vai ser mais conveniente a meus interesses se for feito nesses termos. Mas, em compensação, eu lhe darei cinco mil francos à vista. Não lhe parece melhor assim?

– Mas é claro que sim, cavalheiro!

– A senhora poderá viver mais folgadamente e poderá ir quando quiser ao Ambigu-Comique, pode ir assistir ao Franconi e terá toda a liberdade para ir e voltar de fiacre, se tiver vontade...

– Ah, mas eu não gosto nada do Franconi, porque lá é proibido falar durante o espetáculo... Porém, cavalheiro, caso eu aceite sua proposta, é porque acho que vai trazer muitas vantagens para minha única filha... Pelo menos, não vou depender mais dela e não vou precisar lhe pedir mais nada. Pobre garota, tem todo o direito de gozar as coisas que lhe dão prazer e não lhe quero mal por isso. A mocidade precisa se divertir, cavalheiro! Pois está muito bem! Se o senhor me garantir que eu não vou fazer mal a ninguém...

– A ninguém – repetiu Jules. – Mas primeiro vamos ver o que a senhora pode me dar em troca. Como é que vamos fazer?

– Bem, cavalheiro, o que eu vou fazer é dar esta noite a *monsieur* Ferragus um chazinho de papoula, para que o pobre homem durma bem a noite toda, o coitado! Bem que ele está precisando disso, pobrezinho, está sofrendo tanto com esse tratamento, veja bem, ele sofre de dar pena. Mas também, nem me pergunte de onde tiraram essa invenção de queimar as costas de um homem perfeitamente sadio, só para lhe tirar um tique nervoso, que pode até lhe doer bastante, mas que só o incomoda de dois em dois anos! Mas para voltar ao nosso assunto, eu tenho a chave do apartamento da vizinha, que fica bem em cima do meu e tem uma peça que faz parede-meia com o quarto em que está alojado *monsieur* Ferragus. Ela me deixou a chave, porque foi visitar uns parentes no interior por uns dez dias. Portanto, se o senhor mandar fazer um buraco na parede, um buraquinho bem pequeno, é claro, durante a noite, enquanto ele dorme, na parede que separa as duas peças, o senhor poderá ver e escutar à vontade... Olhe e tem mais; eu sou amiga íntima de um serralheiro, um homem muito bom e amável, que conversa comigo e me conta histórias como um anjo e tenho certeza de que, se eu lhe pedir, ele fará isso por mim, no maior silêncio e sem fazer nenhuma pergunta, como se não tivesse visto nem sabido de nada...

– Bem, aqui a senhora tem cem francos para pagar o serviço dele e a senhora vá esta noite ao cartório de *monsieur* Desmarets; vou lhe dar o endereço, ele é tabelião e saberá do que se trata... Às nove horas da noite, a escritura de sua renda estará lavrada, mas olhe, *motus!*

– Entendi perfeitamente, cavalheiro. É como o senhor diz, *momus!*[60] Adeus, meu senhor.

Jules voltou para casa, quase tranquilizado, por ter a certeza de que ficaria a par de tudo no dia seguinte. Ao chegar, encontrou nas mãos do porteiro a carta perfeitamente restaurada.

– Como está se sentindo? – disse carinhosamente à sua esposa, apesar da frieza que se estabelecera entre eles. Os hábitos provocados pelo carinho e pela gentileza são muito difíceis de pôr de lado!

– Muito bem, Jules – respondeu com uma voz sedutora. – Você vai querer jantar comigo esta noite?

– Sim – disse ele, estendendo-lhe a carta. – Olhe o que Fouquereau recebeu e me pediu que entregasse a você...

Clémence, que estava pálida, enrubesceu completamente ao reconhecer a letra do sobrescrito, e esse rubor súbito causou profunda dor a seu marido.

---

60. "Bico calado!" Em latim no original, expressão usada pelos burgueses ou aristocratas. A sra. Gruget confunde com o nome do patrono do riso e da galhofa. (N.T.)

– Ficou corada de alegria? – perguntou risonho. – Ou é porque esperava há muito tempo?

– Ah, uma porção de coisas... – disse ela, com os olhos fitos no lacre.

– Bem, senhora, vou deixá-la à vontade.

Desceu para o escritório e escreveu a seu irmão dizendo suas intenções relativas ao estabelecimento de um fundo de renda fixa vitalícia destinado à viúva Gruget. Quando saiu, seu jantar já estava preparado em uma mesinha auxiliar junto ao leito em que estava deitada Clémence e Joséphine estava a postos, pronta para servi-lo.

– Se eu pudesse me levantar, com que prazer eu mesma o serviria!... – disse ela, assim que Joséphine os deixou a sós. – Ai, até mesmo de joelhos! – acrescentou ela, passando as mãos pálidas sobre os cabelos de Jules. – Como seu coração é nobre! Como você foi gentil comigo há pouco, mostrou um coração de ouro... Você me fez muito mais bem ao demonstrar tanta confiança que todos os médicos da Terra poderiam fazer com seus remédios e prescrições. Você tem uma delicadeza feminina, sim, você sabe amar como uma mulher... Ai, essa sua gentileza espalhou em minha alma não sei qual bálsamo, que já quase me curou. Alcançamos uma trégua, Jules, baixa a cabeça até aqui, que quero te dar um beijo...

Jules não pôde recusar nem a ela, nem a si mesmo o prazer de abraçar Clémence. Mas ao fazê-lo, sentia uma espécie de remorso no coração. Ele se achava tão mesquinho diante da mulher que uma parte de si mesmo sempre se esforçava em acreditar que ela era inocente... Ela demonstrava uma espécie de tristeza alegre... Uma esperança casta brilhava em seu rosto, transpondo a barreira de sua melancolia. Ambos estavam igualmente infelizes, por serem obrigados a enganar um ao outro, e, caso se acariciassem um pouco mais, não resistiriam às dores que sentiam e confessariam tudo.

– Vou esperar até amanhã à noite, Clémence.

– Não, meu senhor, só até amanhã ao meio-dia. Você vai ficar sabendo a razão disso tudo e terá vontade de se ajoelhar diante de sua esposa e pedir-lhe perdão... Ah, não, não será necessário que você se submeta a qualquer humilhação, eu já lhe perdoei tudo! Não, a culpa não foi sua... Escute: ontem você me feriu bem rudemente; mas talvez minha vida ficasse incompleta, se eu não tivesse tido de passar por esta angústia. Em breve, será apenas uma sombra que irá dar ainda mais valor aos dias de felicidade celestial que nos esperam...

– Agora você está me enfeitiçando – protestou Jules. – Só quer me deixar com remorsos...

– Ah, meu pobre amigo... O destino está muito acima de nós, mas eu não serei cúmplice de meu destino. Amanhã de manhã eu vou sair.

– A que horas? – indagou Jules.

– Às nove e meia.

– Clémence – respondeu *monsieur* Desmarets –, tome todas as precauções possíveis. Consulte primeiro o dr. Desplein. Mande buscar também o velho dr. Haudry.[61]

– Não, meu querido. Só vou consultar meu coração e minha coragem...

– Bem, vou deixá-la em liberdade para fazer o que quiser. Só virei vê-la ao meio-dia.

– Mas não vai me fazer companhia esta noite? Nem um pouquinho...? Olhe, eu não estou mais doente...

Depois de concluir os negócios, Jules voltou para junto de sua esposa, retraído por uma força invencível... Sua paixão era mais forte que todos os seus sofrimentos.

---

61. Médico inventado por Balzac, que trata vários doentes entre 1800 e 1829. (N.T.)

Capítulo IV

Aonde ir para morrer?

No dia seguinte, por volta das nove horas, Jules saiu disfarçadamente de sua casa e foi o mais depressa possível até a Rue des Enfants-Rouges, subiu e tocou a campainha da viúva Gruget.

– Ah, já vi que o senhor é um homem de palavra, exato como a aurora... Vá entrando, cavalheiro... – disse a velha artesã de passamanaria tão logo o reconheceu. – Olhe, eu preparei para o senhor uma taça de café com creme, no caso do senhor... – recomeçou a mulher, assim que fechou a porta. – Olhe, é creme de leite verdadeiro, eu comprei um potinho e fiquei olhando enquanto eles preparavam na leiteria que fica logo ali, no mercado da Rue des Enfants-Rouges...

– Obrigado, madame, mas não, não preciso de nada... Só quero que a senhora me leve ao...

– Já sei, já sei, meu querido senhor... Faça o favor de vir comigo por aqui...

A viúva conduziu Jules até um quarto que ficava por cima do seu e no qual lhe mostrou, em silêncio, mas triunfantemente, uma abertura do tamanho de uma moeda de quarenta *sous*,[62] aberta durante a noite e correspondendo exatamente às rosáceas mais altas e menos iluminadas do papel de parede ordinário que revestia o quarto em que se achava Ferragus. Essa abertura fora feita, nos dois lados da

---

62. O soldo valia a vigésima parte de um franco, portanto uma moeda de quarenta soldos equivalia a dois francos. Originalmente, o *sou,* ou soldo, era o pagamento de um dia de serviço de um oficial do exército, uma pequena moeda de ouro em vigor desde o tempo do imperador Constantino. (N.T.)

parede, por cima de armários que já estavam ali há muito tempo. Os leves traços de caliça deixados pelo serralheiro haviam sido recolhidos, de modo a não deixar vestígios de nenhum dos lados da parede, e ficava muito difícil perceber aquela espécie de seteira minúscula na sombra em que se achava a parte superior da divisória. Todavia, para poder manter-se lá em cima em condições de enxergar bem, Jules foi obrigado a assumir uma posição bastante fatigante, trepado em um banco que a viúva Gruget tinha tido o cuidado de lhe trazer.

– Ele está agora com um cavalheiro... – cochichou a velha, ao sair.

Jules divisou através da pequena abertura um homem que se aplicava a fazer curativos no que parecia ser uma fiada de chagas vivas, produzida por outras tantas queimaduras praticadas sobre as espáduas de Ferragus, cuja cabeça conseguiu reconhecer pela descrição que dele fizera *monsieur* de Maulincour.

– Quando você acha que eu ficarei curado? – perguntou aquele.

– Ah, não sei! – respondeu o desconhecido. – Mas, segundo o que me informaram os médicos, ainda serão necessários uns sete ou oito curativos...

– Tudo bem... Então, até a noite! – disse Ferragus, estendendo a mão para o homem que acabara de lhe amarrar a última atadura de um curativo bastante complicado.

– Até hoje à noite – replicou o desconhecido, apertando cordialmente a mão de Ferragus. – Acredite que tenho a maior vontade de vê-lo livre desses sofrimentos...

– Seja como for, os documentos de *monsieur* de Funcal vão chegar amanhã, e Henri Bourignard está bem morto e enterrado – recomeçou Ferragus. – Aquelas duas cartas fatais que nos custaram tão caro já não existem mais. Amanhã vou assumir uma nova posição social, um homem importante na sociedade, e minha vida vale muito mais que a daquele marinheiro que os peixes comeram. Deus sabe que não é por ambição própria que estou virando conde!...

– Pobre Gratien, logo você, a nossa cabeça mais inteligente, nosso irmão querido... Você é o *Benjamin*[63] de todo o bando e sabe disso muito bem.

– Adeus, agora! Não se esqueçam de vigiar bem aquele Maulincour...

– Pode deixar. Nesse ponto, fique tranquilo...

– Ei, marquês!... – chamou o velho forçado.

– O que é?

– Ida é capaz de tudo, não duvido de mais nada, depois da cena que aprontou ontem à tarde. Se ela resolver se jogar no rio, não serei eu quem vai pescá-la... Seria a melhor maneira de garantir que ela vai guardar segredo sobre meu nome, que é a única coisa que ela sabe. Mas não façam nada, só cuidem dela, porque, tudo considerado, é uma boa moça...

– Tudo bem.

O desconhecido retirou-se. Dez minutos depois, *monsieur* Jules escutou o roçagar tão característico da passagem de um vestido de seda e, com um calafrio de febre, reconheceu o ruído tão familiar dos passos da esposa.

– E então, papai? – disse Clémence. – Pobre paizinho, como está passando? Mas que coragem para se submeter a isso...

– Vem, minha filha... – respondeu Ferragus, estendendo-lhe a mão.

Clémence aproximou dele a fronte, que ele beijou e depois a abraçou.

– Vamos lá, me conte... O que é que você tem, pobre menina! Mais aborrecimentos...?

---

63. O filho mais moço de Jacó, cujo nascimento custou a vida de Raquel (Gênesis, 35) e que era também o seu favorito; por extensão, o favorito de qualquer grupo de pessoas. (N.T.)

– Aborrecimentos, meu pai? Mas são pesares terríveis, que vão acabar provocando a morte desta filha que o senhor ama tanto... Como lhe escrevi ontem, é absolutamente necessário que procure em seu cérebro tão fértil de ideias uma maneira de se avistar com meu pobre Jules, hoje mesmo! Se o senhor soubesse como ele foi bom para mim, apesar de tantas suspeitas, aparentemente tão justificadas! Meu pai, meu amor é minha vida! O senhor quer me ver morta?... Ai, como tenho sofrido nestes dias! Sofro tanto, que sinto estar em perigo de morte...

– Ah, perdê-la, minha filha!... – disse Ferragus. – Só porque aquele miserável parisiense foi curioso demais? Ah, vou mandar queimar Paris inteira!... Ah, você sabe o que é o amor de um enamorado, mas não sabe até que ponto chega o amor de um pai!

– Papai, o senhor me assusta quando me olha desse jeito. Não pode comparar dois sentimentos tão diferentes!... Eu já tinha meu esposo, antes de saber que meu pai ainda vivia.

– Se o seu marido foi o primeiro a depositar beijos sobre sua testa – respondeu Ferragus –, eu fui o primeiro a umedecê-la de lágrimas... Fique tranquila, Clémence, abra o coração e fale com toda a franqueza... Eu a amo o bastante para ser feliz sabendo que você é feliz, mesmo que seu pai praticamente não tenha lugar em seu coração, ao mesmo tempo que enche o coração dele.

– Meu Deus, mas como essas palavras me fazem bem! Isso que o senhor me diz faz com que o ame mais ainda, e sinto remorsos, porque me parece que estou roubando alguma coisa de Jules. Mas, pai querido, perceba que ele está desesperado. O que eu poderei dizer a ele daqui a duas horas, como prometi?...

– Menina, então você pensa que eu precisaria ler a sua carta, para perceber a infelicidade que a ameaça e salvá-la desse destino?... E o que acontece com aqueles que se atrevem a prejudicar sua felicidade ou a se intrometer entre nós? Pois então você nunca reconheceu que existe uma espécie de segunda providência divina, que vela o tempo todo por você? Então você não sabe que há permanentemente doze homens fortes e inteligentes formando uma guarda pessoal ao redor de sua vida e da vida do seu amor, preparados para tudo a fim de conservá-las? Quem, senão um pai, se arriscaria a morrer só para contemplar você quando dava seus passeios, distraída pelas ruas? Quem, senão um pai, viria à casa de sua mãe, altas horas da noite, a fim de contemplá-la dormindo em seu bercinho? Quem, senão um pai, teria como motivo para viver somente a lembrança de suas carícias infantis, a única coisa que lhe dava forças para continuar vivendo em momentos nos quais um homem de honra deveria suicidar-se para escapar à pecha de infâmia? Quem, senão EU, enfim, quem, senão eu, que só respiro por sua boca, que só vejo através de seus olhos, que só sinto o que se passa em seu coração? Pois então eu não saberei defendê-la das garras do leão, com minha alma de pai, defender meu único bem, minha vida, minha filha...? Depois da morte daquele anjo que foi sua mãe, eu somente sonhava com uma única coisa, com a felicidade de afirmar que você era minha filha, com poder abraçá-la junto a mim, diante do céu e diante da Terra inteira, que só almejava poder matar aquele *condenado a trabalhos forçados* que eu era...? – Seguiu-se uma breve pausa. Então, ele recomeçou: – Eu só queria poder dar um pai a você! Queria poder apertar sem a menor vergonha a mão de seu marido, viver sem medo nos corações dos dois, dizer a todo mundo cada vez que a via: "Olhem, esta é minha filha!". Eu só queria poder ser seu pai sem constrangimentos...

– Ah, meu pai!... Ah, papai!

– Depois de muitas dificuldades, depois de terem esquadrinhado o globo terrestre inteiro, em busca de uma solução – continuou Ferragus. – Depois disso tudo, meus amigos me trouxeram uma pele de homem que eu poderia vestir... Dentro de poucos dias, eu me tornarei acima de qualquer contestação possível *monsieur* de Funcal, um conde português. Olhe, minha querida filha, o esforço que estou fazendo... Muito poucos homens na minha idade teriam a paciência necessária para aprender o português e ainda mais o inglês, que o diabo daquele marinheiro falava com perfeição...

– Paizinho querido!

– Tudo foi previsto e tudo já está preparado. Dentro de alguns dias, Sua Majestade El-Rei Dom João VI de Portugal[64] será meu cúmplice. Só é preciso agora que você tenha um pouquinho de paciência, depois que seu pai já teve tanta... Mas para mim, esse esforço todo foi muito simples... Eu faria muito mais para recompensar seu devotamento durante estes três últimos anos! Vir tão religiosamente consolar seu velho pai, quase todos os dias, arriscando sua própria felicidade!...

– Papai!... – exclamou Clémence, segurando as mãos de Ferragus e beijando-as.

– Vamos lá, só mais um pouquinho de coragem, minha Clémence querida, vamos guardar esse segredo fatal até o fim. Esse seu Jules não é um homem comum: mas como vamos saber se mesmo um homem de caráter extraordinário e de amor tão imenso não começaria a sentir menos estima por você, ao saber que sua esposa é a filha de um...

– Ah!... – exclamou Clémence. – Você soube ler perfeitamente o coração de sua filha. Esse é o único medo que eu tenho – acrescentou ela, em um tom de voz lancinante. – Essa ideia me deixa gelada dos pés à cabeça! Entretanto, meu pai, lembre-se de que eu prometi a ele dizer a verdade dentro de duas horas...

---

64. D. João VI (1767-1826), rei a partir de 1816. (N.T.)

– Pois tudo bem, minha filha, diga que vá até a Embaixada de Portugal para se encontrar com o conde de Funcal, seu pai. Eu vou esperá-lo lá.

– Mas e *monsieur* de Maulincour, que já lhe falou a respeito de Ferragus? Meu Deus, meu pai, enganar, enganar, que suplício!...

– E é a mim que você diz isso? São só mais alguns dias e não existirá no mundo qualquer homem que possa me desmentir. Aliás, a esta altura, *monsieur* de Maulincour já deve estar além do ponto em que se possa lembrar de qualquer coisa...Vamos, bobinha, seque as lágrimas e pense.

Nesse momento um grito terrível soou no compartimento em que se achava *monsieur* Jules Desmarets.

– Minha filha, minha pobre filha!...

O clamor foi forte o bastante para atravessar a pequena abertura perfurada por cima do armário, enchendo de terror Ferragus e madame Jules.

– Vá ver o que é, Clémence!...

Clémence desceu a escadinha com rapidez, encontrou completamente aberta a porta do apartamento de madame Gruget, escutou os gritos estridentes que ainda ressoavam no andar superior, subiu a outra escada e foi atraída pelo barulho dos soluços até o quarto fatal em que, antes de entrar, chegaram a seus ouvidos estas palavras amargas:

– Foi o senhor, cavalheiro, foi o senhor, com suas imaginações. Foi o senhor a causa da morte de minha filha!

– Feche essa boca, infeliz – dizia Jules, colocando o lenço sobre a boca da viúva Gruget, que começou a gritar mais ainda:

– Assassino!... Socorro!

Nesse momento Clémence entrou, viu seu marido, deu um grito e fugiu.

– Quem é que vai salvar minha filha? – insistiu a viúva Gruget depois de uma longa pausa. – Foi o senhor que a assassinou!...

– Mas e como? – perguntou automaticamente *monsieur* Jules, ainda estupefato por ter sido visto e reconhecido por sua esposa.

– Leia, cavalheiro – gritou a velha, inundada de lágrimas. – Leia isso!... Não há renda que possa me consolar de uma coisa assim!

"Adeus, minha mãe!... Eu deixo pra senhora tudo o que tenho. Eu te pesso perdão por todas as minhas curpa, mais ainda pela úrtima tristeza que tou te dando ao por um fim nos meus dia. Henry, quieu amo mais que a mim mema, medice que fui eu que fis a disgrassa dele e, já que eu é que fui a razão purquiele me despreza e mim purrou pra longe dele e que eu perdi todas as minha esperansa de miestabelecê com ele, entonce eu vou me afogá. Eu vou rio abaixo até depois de Neuilly só pra que não me ponham na Morgue. Se Henry não miodiar mais, depois que eu mema me dei a punissão de morte, pessa a ele que mande enterrá uma pobre mossa que tem um coração que só bateu pur causa deli e que ele me perdói, purque eu sei que fis mal em me metê naquilo em que eu não era chamada. Fassa bons curativo nos mochá que ele tem nas costa. Como está sofrendo, o meu pobre gato. Mas eu vou ter pra me destruir a mema coraje quiele teve pra deixá que queimassem as costa dele. Mande levá os espartio terminado pras casa de minhas freguesa. E reze a deus pela arma de sua filha,

IDA."

– Leve esta carta a *monsieur* de Funcal, o homem que está naquele quartinho. Se ainda há tempo, ele é o único que pode salvar sua filha.

E Jules foi embora, desapareceu, safou-se como um homem que houvesse cometido um crime. Suas pernas tremiam. Seu coração parecia ter-se dilatado dentro de seu peito e recebia ondas quentes de sangue, as mais volumosas que já percebera circular por suas veias em qualquer minuto anterior de sua existência, enquanto o coração batia violentamente e as enviava de volta às artérias com uma força tremenda, como nunca sentira antes. As ideias mais contraditórias embatiam-se em seu espírito; contudo, havia um pensamento que dominava todos. Ele não havia agido com lealdade com a pessoa que mais amava neste mundo. Agora era impossível para ele transigir com sua consciência, cuja voz, fortalecida em função do crime que cometera, tornara-se muito mais forte que os gritos de sua paixão, mesmo durante as horas de dúvida mais cruel por que havia passado anteriormente. Passou uma grande parte do dia caminhando sem destino pelas ruas de Paris, sem reunir coragem para voltar a casa. Este homem de tão grande probidade tremia ante a possibilidade de enfrentar o rosto irrepreensível daquela mulher que desconhecera por algum tempo, mas em quem não soubera confiar. A gravidade de um crime é diretamente proporcional à pureza de uma consciência, e o fato de que tal coração só pode culpar-se por uma única falta importante em toda a vida faz com que as proporções de tal pecado se ampliem até o ponto de se tornarem insuportáveis para certas almas cândidas. E a palavra "candura", aplicada a um homem, não traz em si um significado celestial? Assim, a mais leve nódoa pingada sobre as vestes brancas de uma virgem pode significar para ela algo de ignóbil, algo comparável aos farrapos imundos de um mendigo. Entre essas duas coisas, a única diferença que existe é a desgraça que se percebe com relação à culpa. Deus não mede nunca o arrependimento, não fica pesando e medindo para ver se é suficiente; de fato, o mesmo arrependimento Lhe basta para apagar uma nódoa como os crimes de uma vida inteira... Eram estas as reflexões que pesavam esmagadoramente sobre Jules, porque as paixões não perdoam mais que as leis humanas e raciocinam com maior justiça: pois não se apoiam no pleno conhecimento de uma consciência privada, que pertence somente a elas e que é tão infalível como o instinto? Desesperado, Jules acabou por retornar a casa, pálido, exausto, esmagado pelo sentimento de que havia agido mal, muito mal, ainda que lhe servisse como consolação, a pesar seu, a alegria que sentira ao constatar a inocência de sua esposa. Entrou no quarto do casal, o coração aos pulos, viu que estava deitada, disseram a ele que estava com febre alta, sentou-se ao lado do leito, tomou a mão dela, beijou-a e a cobriu de lágrimas.

– Meu anjo querido – disse assim que ficaram a sós. – Você não pode imaginar até que ponto estou arrependido...

– Mas de quê? – respondeu ela.

Após dizer essa frase, reclinou a cabeça sobre o travesseiro, fechou os olhos e ficou imóvel, guardando a gravidade de seus sofrimentos para não assustar ainda mais seu marido – uma delicadeza de mãe, uma delicadeza de anjo. Em uma palavra, era uma mulher completa. O silêncio entre os dois perdurou por muito tempo. Jules, finalmente acreditando que Clémence estava adormecida, foi indagar de Joséphine o verdadeiro estado de sua patroa.

– Madame voltou quase morta, patrão. Fomos chamar *monsieur* Haudry.

– E ele veio? O que foi que ele disse?

– Não disse nada, senhor. Mas não pareceu nada satisfeito e deu ordem para que ninguém chegasse perto de madame, a não ser uma única pessoa de cada vez, para ficar tomando conta dela, e garantiu que ia voltar hoje à noite.

Monsieur Jules retornou silenciosamente para o quarto de sua esposa, sentou-se em uma poltrona e permaneceu em frente ao leito, imóvel, os olhos aferrados às pálpebras fechadas dos olhos de Clémence; de vez em quando, ela erguia essas pálpebras, imediatamente o enxergava e de seus olhos doloridos escapava um olhar terno, cheio de amor, totalmente despido de reprovação ou de amargura, um olhar que recaía como um ferro em brasa sobre o coração daquele marido nobremente absolvido e ainda amado por uma criatura que estava matando aos poucos. A morte era um pressentimento constante entre os dois, uma suspeita que os feria de modo igual. Suas vistas se uniam na mesma angústia, como seus corações uniam-se antigamente no mesmo amor, igualmente sentido e igualmente partilhado. Nenhuma pergunta, mas horríveis certezas. Da mulher ressumbrava uma generosidade perfeita; do homem brotavam remorsos indizíveis; e circulava entre as duas almas uma mesma visão de desenlace, um mesmo sentimento de fatalidade.

Houve um momento em que, acreditando que sua esposa estivesse adormecida, Jules beijou-a docemente na fronte e disse bem baixinho, depois de contemplá-la por um longo tempo:

– Meu Deus, deixe comigo este anjo ainda por um pouco de tempo, até que eu consiga absolver a mim mesmo de minhas culpas por uma longa adoração... Como filha, ela é sublime; como esposa, que adjetivo a poderia qualificar?...

Clémence ergueu os olhos cheios de lágrimas.

– Você está me fazendo mal – disse com voz débil.

A noite já ia avançada quando chegou o dr. Haudry e pediu ao marido que se retirasse durante sua visita. Quando finalmente saiu, Jules não fez uma única pergunta, e ele não teve necessidade de fazer senão um gesto.

– Faça-me o favor de mandar chamar aqueles de meus colegas em quem o senhor tiver maior confiança para realizarmos uma junta médica. Posso estar errado.

– Mas, doutor, diga-me a verdade. Sou um homem forte, posso escutar com coragem; aliás, tenho o maior interesse em saber da verdade a fim de acertar algumas contas...

– Pois muito bem. Se quer mesmo saber, madame Jules está moribunda – respondeu o médico. – Ela sofre de uma doença moral que está avançando rapidamente e reflete-se em sua situação física, que já é de inspirar grandes cuidados e que se agravou devido a essas imprudências que ela andou cometendo: andar descalça à noite; sair de casa depois que eu a havia proibido; sair de casa a pé ontem, sair de novo hoje, mesmo que fosse de carruagem. Ela fez tudo o que podia para se matar. Todavia, meu diagnóstico não é irrevogável: ela tem a juventude a seu favor e parece dotada de uma energia espantosa... Talvez fosse indicado arriscar tudo, aplicando-lhe um remédio que provocasse uma reação violenta; mas eu não vou assumir sozinho a responsabilidade de prescrever tal medicamento e sequer vou recomendar que seja aplicado; mas, caso se constitua uma junta médica e esse tratamento for proposto, então não me oporei à sua aplicação.

Jules retornou ao quarto. Durante onze dias e onze noites, ele permaneceu sentado junto ao leito de sua esposa, passando as noites em claro e dormindo durante o dia, mesmo assim com a cabeça apoiada aos pés da cama. Jamais algum homem levou a tal ponto o zelo com que Jules se aplicou a cuidar de sua esposa e a ambição de seu devotamento. Ele não permitia a ninguém prestar o menor serviço à sua esposa; insistia em fazer tudo; segurava todo o tempo a mão dela e parecia até mesmo querer comunicar a ela a própria vida. Houve incertezas, falsas alegrias, dias bons, um até melhor, depois crises, finalmente as terríveis manifestações de uma morte hesitante, que sopesa antes de atingir, mas que acaba por dar o golpe. Madame Jules encontrava sempre força para sorrir a seu marido; realmente, tinha pena dele, porque sabia que, muito em breve, o deixaria só. Era uma dupla agonia: a agonia da vida e a agonia do amor; e quanto mais enfraquecia a vida, mais o amor se engrandecia. Depois veio uma noite pavorosa, em que Clémence passou por esse delírio que sempre precede a morte dos jovens. Ela falava de seu amor tão feliz, falava sobre seu pai, contava as revelações que lhe fizera a mãe em seu leito de morte e o juramento que havia imposto. Ela se debatia, não tanto para manter-se viva, mas para conservar essa paixão que não queria abandonar. Em dado momento, ela disse:

— Faça, meu Deus, com que ele não saiba que eu gostaria de vê-lo morrer a meu lado.

Jules, que não pudera suportar mais aquele espetáculo, tinha-se retirado por alguns momentos para o salão vizinho e não escutou a prece de que era objeto.

Quando a crise passou, madame Jules recuperou as forças. No dia seguinte, ela estava de novo bela e tranquila; conversou com o esposo e enfeitou-se para ele, com as limitações que têm as doentes. Depois ela quis ficar sozinha durante um dia inteiro e conseguiu que o marido a deixasse por meio de um desses pedidos feitos com tal insistência que são obedecidos do mesmo modo que se atende às súplicas de uma criança. Além disso, *monsieur* Jules tinha necessidade mesmo de sair nesse dia. Ele foi procurar *monsieur* de Maulincour, a fim de reclamar dele o duelo de morte que já havia sido combinado previamente entre eles. Passou por grandes dificuldades até ser recebido pelo que considerava o autor de seus infortúnios; contudo, ao saber que se tratava de um assunto de honra, o administrador do bispado, obediente aos preconceitos que o haviam orientado durante toda a vida, introduziu Jules ao quarto em que se achava o barão. *Monsieur* Desmarets procurou com a vista o barão de Maulincour, sem conseguir vê-lo.

— Ora, é ele mesmo que está ali... – disse o comendador, mostrando-lhe um homem que estava assentado em uma poltrona ao lado da lareira.

— Quem é Jules? – disse o moribundo, com voz alquebrada.

Auguste havia perdido a única qualidade que nos faz viver, a saber, a memória. Ao ver-lhe o aspecto, *monsieur* Desmarets sentiu tal horror, que recuou involuntariamente.

Era impossível reconhecer o jovem elegante naquela coisa sem nome em qualquer linguagem, para citar a expressão de Bossuet.[65] Era, com efeito, um cadáver de cabelos brancos; os ossos mal estavam recobertos por uma pele enrugada, murcha e ressecada; os olhos estavam brancos e sem movimento, a boca permanecia horrivelmente entreaberta, como as bocas dos retardados ou dos devassos que estão a ponto de morrer por força de toda espécie de excessos. Não transparecia mais qualquer sinal de inteligência sobre aquele rosto, nem em qualquer outro de seus traços, do mesmo modo que não se conseguia mais divisar, através de sua pele amolecida e frouxa, nem rubor, nem qualquer coisa que indicasse ainda haver circulação sanguínea. Sem a menor dúvida, era um homem acabado, dissolvido, chegado ao estado desses monstros conservados nos museus, dentro de bujões de vidro em que flutuam no meio de uma solução de álcool. Jules imaginou ver por cima daquele rosto a terrível fisionomia de Ferragus, e aquela vingança absoluta espantou dele todo o ódio. O infeliz marido ainda encontrou em seu coração um pouco de piedade para com os duvidosos destroços daquele que fora, ainda há pouco tempo, um jovem bonito e simpático.

– O seu duelo já se realizou, cavalheiro – disse-lhe o comendador.

– Mas quanta gente matou *monsieur* de Maulincour!... – exclamou dolorosamente Jules.

– E pessoas que o amavam muito e a quem queria muito bem – acrescentou o velhinho. – Sua avó praticamente já morreu de lástima e é provável que eu vá para o túmulo logo depois dela...

---

65. Jacques-Bénigne Bossuet (1627-1704), escritor e eclesiástico francês. A referência é ao *Sermão sobre a morte,* em que refere que o corpo tomará outro nome, tornando-se um não-sei-quê que não tem nome em nenhuma língua. (N.T.)

No dia seguinte ao desta visita, madame Jules piorou a cada hora que se passava. Ela aproveitou um momento em que reuniu um resto de forças para retirar uma carta de baixo do travesseiro, entregá-la rapidamente a Jules, enquanto fazia um sinal fácil de compreender. Ela queria dar um beijo nele antes de soltar seu último suspiro, ele o recebeu e ela morreu em seguida. Jules caiu semimorto sobre o leito e foi necessário que o levassem a braços até uma carruagem, que o transportou à casa de seu irmão. E lá, como se lastimasse, debulhado em lágrimas e quase delirando, sua ausência durante a véspera, seu irmão explicou que aquela separação tinha sido profundamente desejada por Clémence, que não quisera que ele testemunhasse todo aquele aparato religioso, tão terrível para as imaginações mais delicadas, que a Igreja Católica emprega como ritual necessário durante a administração dos últimos sacramentos aos moribundos.

– Ah, você não teria resistido àquilo tudo... – afiançou-lhe o irmão. – Eu mesmo quase não consegui suportar aquela cena horrorosa, e todos os empregados se desfaziam em lágrimas. Clémence era uma verdadeira santa. Encontrou não sei bem onde a força necessária para se despedir de todos nós, e a sua voz, que sabíamos escutar pela derradeira vez, dilacerava nossos corações. Quando ela pediu perdão por quaisquer pesares involuntários que tivesse causado aos criados que a haviam servido tão fielmente, houve uma lamentação terrível, um queixume entremeado de soluços...

– Chega – disse Jules. – Não me conte mais nada...

Então pediu para ficar sozinho, a fim de poder ler os últimos pensamentos daquela mulher que todo mundo admirara tanto e que saíra de suas vidas como seca uma flor.

"Meu bem-amado, este é meu testamento. Por que não é costume fazer testamento dos tesouros do coração, como se faz dos demais bens? Meu amor por você não era o único bem que eu tinha? Portanto, vou falar aqui somente de meu amor: foi a única fortuna de sua Clémence e é tudo que ela pode deixar ao morrer. Jules, eu sei que ainda sou amada e morro feliz. Os médicos explicarão minha morte lá à maneira deles, mas eu sou a única que conhece a verdadeira causa. Vou dizer a você agora, por maior que seja a tristeza que lhe possa causar. Eu não queria levar em meu coração, que sempre foi todo seu, qualquer segredo que não fosse revelado, justo agora em que eu morro vítima de uma discrição necessária e inevitável.

"Jules, eu nasci, cresci e fui criada na mais profunda solidão, longe dos vícios e das virtudes, por aquela mulher gentil que você conheceu. A sociedade prestava justiça às qualidades que ela demonstrava para atender às convenções sociais, aquelas qualidades por meio das quais uma mulher se esforça para agradar essa sociedade. Eu, porém, desfrutei secretamente da bondade de uma alma celestial e pude me afeiçoar profundamente àquela mãe que tornava minha infância uma alegria sem amargura, sabendo muito bem por que a amava. E ela não merecia ser duplamente amada? Sim, eu a amava e eu a temia, eu a respeitava e nada me pesava no coração, nem esse temor, nem esse respeito. Eu vivia só para ela, e ela significava tudo para mim. Durante dezenove anos vivemos felizes e despreocupadas, enquanto minha alma, solitária no meio do mundo que se agitava ao redor de mim, refletia unicamente a mais pura das imagens, o rosto de minha mãe, e meu coração só batia por ela e para ela. Eu era escrupulosamente religiosa e fazia todos os esforços para permanecer pura diante de Deus. Mamãe sempre cultivou em mim todos os sentimentos mais nobres e mais elevados. Ah, que prazer sinto em confessar, Jules, sei agora que eu não passava de uma menina ingênua, uma garota que veio para você com o coração tão virgem quanto o corpo. Quando finalmente saí daquela indevassável solidão, quando, pela primeira vez, mandei alisar meus cabelos e os enfeitei com uma guirlanda de flores de amendoeira; quando ajuntei prazenteiramente alguns laços de cetim a meu vestido branco, pensando na sociedade que eu iria ver e que, realmente, tinha curiosidade de ver... Ora! Sabes muito bem que essa sedução inocente e modesta só foi acrescentada para você, porque, quando finalmente ingressei no mundo, você foi o primeiro homem que vi. Seu rosto, percebi desde o início, salientava-se acima de todos os outros; a aparência de seu corpo me agradou; sua voz e suas maneiras inspiraram-me os mais favoráveis pressentimentos; depois, quando você veio me falar, com o rosto docemente ruborizado, com a voz um pouco trêmula, foi um momento que me deu lembranças que me fazem palpitar até hoje, quando escrevo a você, segundo acredito, pela última vez. Nosso amor foi, desde o começo, a mais viva das simpatias, mas logo foi mutuamente adivinhado; a seguir, logo compartilhado, como depois nos fez experimentar igualmente inumeráveis prazeres... Desde esse instante, minha pobre mãe passou a ocupar somente o segundo lugar em meu coração. Eu lhe confessei e ela sorriu, mulher admirável que era! E, depois de sua morte, eu fui sua, inteiramente sua! Essa foi minha vida, toda a minha vida, meu caro esposo. Todavia, restam algumas coisas que ainda terei de dizer a você... Chegou uma noite, alguns dias antes da morte de mamãe, que ela se decidiu finalmente a me revelar o segredo de sua vida, não sem derramar lágrimas ardentes enquanto me falava. E eu ainda amei você muito mais, quando fiquei sabendo, antes que o padre se dispusesse a absolver minha mãe, que existem paixões condenadas tanto pelo mundo quanto pela Igreja... Mas tenho certeza de que Deus não pode ser um juiz severo quando tais amores são o pecado de almas tão ternas e delicadas quanto era a de minha mãe. Mas aquele anjo não podia se decidir a arrepender-se... Ela amava muito, Jules, ela era feita de amor... Assim, rezei todos os dias por ela, mas sem julgá-la. Foi então que conheci a causa de seu grande carinho materno; foi só então que fiquei sabendo que havia em Paris um homem para quem eu representava toda a vida, que era o alvo de todo o seu amor; que a sua própria fortuna era o resultado da influência dele e que ele o amava também... Soube ainda que ele era um exilado da sociedade, que trazia um nome maculado, que se sentia mais infeliz por mim, por nós, do que por si mesmo... Minha mãe era todo o seu consolo e, quando mamãe morreu, prometi que a substituiria. Com todo o ardor de uma alma cujos sentimentos nunca se haviam denegrido, eu vi que teria assim a felicidade de amenizar a amargura que enchia de melancolia os últimos momentos de minha mãe e comprometi-me então a prosseguir em sua obra de caridade secreta, em exercer a caridade de um coração amoroso. A primeira vez que vi meu pai foi junto ao leito em que minha mãe acabava de expirar, quando ele levantou seus olhos cheios de lágrimas, em uma tentativa de encontrar em mim todas as suas esperanças mortas. Eu havia jurado a ela, não mentir a você, mas guardar silêncio, e que mulher teria sido capaz de romper tal silêncio...? Esse foi meu crime, Jules, um crime que estou agora expiando pela morte. Duvidei de você... Mas o medo é uma coisa tão natural em uma mulher, especialmente em uma mulher que sabe tudo que tem a perder... Eu tremia era por meu amor. O segredo de meu pai parecia significar a morte de minha felicidade; e quanto mais eu amava, mais medo eu tinha. Sequer ousava confessar este sentimento a meu pai: seria como causar nele um ferimento; na situação em que estava, todo sofrimento é tão vivo! Mas logo percebi que ele, sem me dizer, partilhava de meus temores. Seu coração paternal temia por minha felicidade tanto quanto o meu; mas ele não ousava falar nesse assunto, levado pela mesma delicadeza que me deixava muda. Sim, Jules, eu acreditava que você poderia não amar mais a filha de Gratien, não da maneira como amava sua Clémence. Pode acreditar que eu teria escondido qualquer coisa de você, logo de você que enchia completamente meu coração, sem sofrer esse profundo terror? No dia em que aquele maldito, aquele oficial infeliz me falou, pela primeira vez me senti forçada a mentir. Foi esse o dia em que conheci a dor pela segunda vez em minha vida, e essa dor só fez crescer até este momento em que me dirijo a você pela última vez. Que me importa agora a situação de meu pai? Você sabe tudo agora. Eu teria sido capaz, com a ajuda de meu amor, de vencer minha doença, de suportar todos os sofrimentos, mas nunca mais serei capaz de sufocar a voz da dúvida. Então, não é possível que minha origem altere a pureza de seu amor, o enfraqueça ou o diminua?... Este é um medo que nada poderá destruir dentro de mim. Essa é, meu Jules, a verdadeira causa de minha morte. Eu não conseguiria viver a seu lado temendo captar um olhar ou ouvir uma palavra; uma palavra que talvez você não diga nunca, um olhar que sua vista provavelmente jamais refletirá; mas o que você quer? Tenho pavor de vê-lo ou ouvi-la algum dia. Sei que morro amada, e essa é minha consolação. Fiquei sabendo que, já faz quatro anos, meu pai e seus amigos reviraram o mundo, para melhor poder mentir ao mundo. A fim de me dar um estado civil apropriado, eles compraram um cadáver, uma reputação, uma fortuna, tudo isso para fazer reviver um morto que estava vivo: e fizeram tudo isso por você, por nós! Nunca deveríamos ter ficado sabendo de nada disso. Pois bem! Minha morte, sem sombra de dúvida, vai poupar meu pai de mais essa mentira, porque eu sei que ele vai morrer quando souber que morri. Adeus, então, Jules, meu coração vai para você inteiro nestas linhas. Explicar a amplitude de meu amor dentro da inocência de seu terror não é o mesmo que lhe deixar minha alma inteira? Nunca teria força para lhe dizer o que acabei de escrever. Acabo de confessar a Deus os pecados de minha vida; prometi ao padre que desde agora até meu fim não me ocuparia com mais ninguém, senão o Rei dos Céus; mas não pude resistir à tentação e ao prazer de me confessar também com aquele que, para mim, representa tudo sobre a Terra... Ai de mim! Que deus não me perdoaria este último suspiro, este último alento entre a vida que foi e a vida que me espera?... Adeus, pois, Jules, meu amado; vou me reunir a Deus, perto de quem o amor nunca é escurecido por qualquer nuvem e perto de quem você também virá um dia. E lá, aos pés de Seu trono, reunidos para sempre, poderemos nos amar pelos séculos dos séculos. Esta esperança é a única coisa que me consola. Se eu for digna de subir até lá antes de você, lá de cima acompanharei sua vida, minha alma estará sempre consigo. Ela o envolverá com sua proteção, enquanto você permanecer aqui embaixo. Procura levar, portanto, a vida mais santa que puder, para que não haja sombra de dúvida que em pouco tempo estará junto a mim. Você pode fazer ainda tanto bem sobre a Terra!... Não é uma missão angelical para um ente sofredor, a de espalhar alegria ao redor de si, a de dar aos outros logo aquilo que não tem? Desse modo, eu deixo você como herança aos desafortunados... Somente de seus sorrisos e de suas lágrimas eu não sentirei ciúmes. Ambos encontraremos grande encanto nos doces benefícios que você venha a praticar. De certo modo, não estaremos vivendo juntos ainda, caso deseje incluir meu nome, o nome de sua Clémence, como coautora dessas obras meritórias? Após nos termos amado como nos amamos, Jules, só nos resta a obra de Deus. Deus não mente. Deus não engana. Não adore senão a ele, é isso que peço, é isso que quero. Cultive a prática do bem para com todos os que sofrem; alivie as dores dos membros sofredores da Igreja... Adeus, alma querida que eu enchi, eu conheço você perfeitamente bem: você será incapaz de amar uma segunda vez. Vou portanto expirar feliz com este pensamento, que faria qualquer mulher feliz. Sim, meu sepulcro será seu coração. Depois da infância que descrevi, minha vida não transcorreu toda dentro de seu coração?... Depois de morta, nunca mais você me expulsará dele. Tenho o maior orgulho de ser a única! Você só me conheceu na flor da juventude e, assim, eu deixo pesares a você, mas não desencantamentos. Jules, tenha certeza de que minha morte é bem feliz...

"Você, que me entendeu tão bem, permita-me que faça uma recomendação... Uma coisa supérflua, sem a menor dúvida, apenas o cumprimento de um desejo feminino, um pedido que brota da inveja de que sempre fomos o objeto. Peço que queime tudo o que nos pertenceu, que desmanche nosso quarto, que destrua tudo quanto possa ser uma lembrança física de nosso amor.

"Uma última vez, adeus. Este é o último adeus, cheio de amor, como serão meu último pensamento e meu derradeiro suspiro..."

Quando Jules acabou de ler esta carta, subiu de seu coração um desses frenesis de que é impossível narrar as amedrontadoras crises. Todas as dores são individuais, e seus efeitos nunca se submetem a uma regra fixa. Alguns homens tapam as orelhas, porque não querem ouvir nada. Algumas mulheres fecham os olhos, para não terem de ver mais nada. Mas também se encontram grandes e magníficas almas que se arrojam à dor como a um abismo. Em face ao desespero, tudo é verdadeiro, tudo é possível. Jules saiu sem avisar da casa de seu irmão e voltou para a própria, querendo passar a noite perto do cadáver de sua mulher e enxergar aquela criatura celeste até o último momento que fosse possível. Enquanto caminhava para casa, com aquela despreocupação pela própria segurança que só conhecem as pessoas que desceram ao último grau da infelicidade, ele recordou como, em certos lugares da Ásia, as leis determinavam aos esposos que não sobrevivessem um ao outro. O que ele queria era morrer também. Não havia ainda sucumbido ao luto, estava na fase da dor febril. Chegou sem qualquer percalço, subiu a seu quarto sagrado; lá estava Clémence em seu leito de morte, bela como uma santa, os cabelos presos em um véu, as mãos unidas, envolta já em sua mortalha. Os quatro círios iluminavam um padre rezando, Joséphine aos prantos, ajoelhada em um dos cantos, e dois homens silenciosos perto da cama. Um era Ferragus. Mantinha-se em pé, imóvel, contemplando sua filha com olhos secos de lágrimas; sua cabeça dava a impressão de ser fundida em bronze: sequer percebeu que Jules entrara. O outro homem era Jacquet, seu amigo, a quem madame Jules sempre demonstrara bondade e consideração. Jacquet sentia por ela uma dessas amizades respeitosas que enchem de alegria um coração tranquilo, uma doce paixão, um verdadeiro amor, despido de desejos e de borrascas; assim, viera religiosamente pagar sua dívida de lágrimas, dar um longo adeus à mulher de seu melhor amigo, beijar pela primeira vez a testa gelada de uma criatura que ele amava silenciosamente como se fosse sua própria irmã. Como os outros, também estava silencioso. No quarto não se encontrava a Morte terrível descrita pela Igreja Católica, nem a Morte luxuosa, que atravessa as ruas; não, era apenas uma morte que deslizava sob o teto doméstico, a morte comovente e lamentável; as pompas fúnebres eram as pompas do coração, as lágrimas derramadas à vista de todos. Jules sentou-se perto de Jacquet, que apertou sua mão calorosamente. Sem dizer sequer uma palavra, todos os personagens daquela cena permaneceram assim até de manhã. Quando a luz do dia fez empalidecer o que restava dos círios funerários, Jacquet, conhecedor das cenas dolorosas que se sucederiam, levou Jules para o quarto vizinho. Foi nesse momento que o marido olhou para o pai e Ferragus contemplou Jules pela primeira vez. As duas dores interrogaram-se, sondaram-se e entenderam-se mutuamente por aquele único olhar. Um clarão de furor brilhou passageiramente nos olhos de Ferragus.

"Foi você que a matou!...", pensava ele.

"E por que desconfia logo de mim?", pareceu responder o marido.

A cena foi semelhante à que se passaria entre dois tigres, que reconheciam a inutilidade de uma luta, depois de se haverem examinado durante um momento de hesitação, sem sequer deixarem escapar um rugido.

– Jacquet – perguntou Jules –, você já tomou todas as providências necessárias?...

– Já fiz tudo que deveria ser feito – respondeu o chefe do escritório –, mas aonde quer que eu chegasse, havia um homem que me precedera, encomendara tudo e pagara por tudo.

– Ele me roubou a sua filha! – exclamou o marido, em um acesso violento de desespero.

Lançou-se de volta ao quarto de sua esposa; mas o pai não estava mais ali. Clémence havia sido colocada em um ataúde de chumbo, e havia operários que já estavam soldando a tampa. Jules retornou para a outra peça, sentindo-se inerme e horrorizado por aquele espetáculo, e o ruído dos martelos que usavam aqueles homens para pregar os rebites fez com que inconscientemente ficasse com os olhos marejados de lágrimas.

– Jacquet – disse ele. – Durante esta noite terrível surgiu-me uma ideia, uma única ideia, mas uma ideia que desejo pôr em prática a qualquer preço. Não quero que Clémence fique enterrada em um desses cemitérios de Paris. Quero queimar o corpo dela, recolher as cinzas e guardá-las comigo. Não me diga uma só palavra contra este projeto, apenas faça o que for necessário para que ele se realize. Eu vou me encerrar no quarto dela e ficarei nele até o momento de minha partida. Somente você terá permissão de entrar, a fim de me fazer o relatório sobre as providências tomadas. Vá agora e não se preocupe em economizar qualquer despesa que venha a ser necessária.

Ainda naquela manhã, madame Jules, depois de ter sido exposta em câmara ardente, segundo o costume da época, diante da porta de sua mansão, foi conduzida a Saint-Roch. A igreja estava inteiramente revestida de negro. Aquela espécie de luxo que se emprega no ofício fúnebre havia atraído meio mundo. Isso porque, em Paris, tudo é um espetáculo, mesmo a dor mais verdadeira. Existe gente que fica por trás das janelas só para ver como chora um filho a seguir o esquife em que se encontra o corpo de sua mãe, do mesmo modo que existem outros que adquirem lugares para estarem comodamente instalados a fim de verem como uma cabeça é cortada. Nenhum outro povo do mundo tem olhos mais vorazes. Mas os curiosos daquela vez foram particularmente surpreendidos ao perceberem que as seis capelas laterais de Saint-Roch estavam igualmente revestidas de negro. Dois homens em trajes de luto assistiam a uma missa mortuária celebrada em cada uma das capelas. Na nave da igreja, diante do coro, os únicos assistentes eram *monsieur* Desmarets, o tabelião, e Jacquet; um pouco mais atrás, depois do gradil de separação, estavam os empregados da mansão. Para os carolas, que frequentavam habitualmente as igrejas em busca de emoções, havia alguma coisa inexplicável em uma pompa tão grande assistida por tão poucos parentes. Jules não quisera a presença de nenhum estranho naquela cerimônia. A grande missa de réquiem foi celebrada com a sombria magnificência de todas as missas fúnebres. Além dos celebrantes comuns da *église de Saint-Roch*, estavam presentes mais treze padres, vindos de diversas paróquias. Desse modo, talvez nunca o *Dies Irae*[66] tenha produzido sobre as almas cristãs – aquela

---

66. O Dia da Ira Divina, o Dia do Juízo Final. Em latim no original. Prece composta pelo frade franciscano Tommaso da Celano, no século XIII, que era italiano, e não espanhol, como escreve Balzac, um pouco mais adiante. (N.T.)

gente que se reunia fortuitamente, movida não somente pela curiosidade, mas pela avidez de emoções renovadas – um efeito mais profundo, mais assustadoramente glacial do que a impressão causada por aquele hino soturno, no momento em que oito vozes de chantres, acompanhadas pelas vozes menos cultivadas dos padres e pelas vozes puras dos meninos do coro, entoaram-no alternadamente. Das seis capelas laterais, doze outras vozes infantis elevaram-se, transmitindo uma impressão ácida de dor, todas se misturando num só lamento. Em todas as partes da igreja brotava o terror; em toda parte, os gritos de angústia eram respondidos por gritos de pavor. A música assustadora acusava a presença de dores desconhecidas ao mundo e amizades secretas que pranteavam a morte. Nunca, em qualquer religião humana, a inquietação e a insegurança da alma violentamente arrancada do corpo e tempestuosamente agitada na presença da fulgurante majestade de Deus foram reveladas com tanto vigor. Diante daquele clamor dos clamores, só se poderiam humilhar os artistas e suas composições mais apaixonantes. Não, nada podia se comparar com aquele canto que resumia todas as emoções humanas e emprestava a elas uma vida galvânica muito além do ataúde, levando-as ainda palpitantes aos pés de um Deus vivo e vingador. Os gritos das crianças, unidos ao som das vozes mais graves dos homens, que abrangiam então, naquele cântico de morte, a vida humana em todos os seus compartimentos, recordando desde os sofrimentos dos infantes de berço e acrescentando todas as penas de todas as idades, com os vigorosos sons dos chantres, com os sons tremulantes dos velhos e dos padres, toda a estridente harmonia cheia de raios e coriscos não poderia deixar de falar à imaginação dos heróis mais intrépidos, aos sentimentos dos corações mais gélidos e até mesmo às mentes racionais dos filósofos! Quem escutasse pensaria escutar os trovões de Deus. Nenhuma igreja tem abóbadas frias: elas tremem, elas falam, derramam o medo com toda a potência de seus ecos. É como se fosse possível avistar mortos inumeráveis erguendo-se e dando-se as mãos. Não é mais um pai, não é uma esposa, não é um filho que se encontra sob os panejamentos negros, é a humanidade inteira saindo de sua poeira funerária. É impossível julgar a religião católica, apostólica e romana sem que se tenha experimentado a mais profunda de suas dores, ao chorar uma pessoa adorada que jaz sob o cenotáfio,[67] sem que se tenha sentido todas as emoções que então nos transbordam do coração, traduzidas por aquele hino de desespero, por gritos que esmagam as almas, pelo horror religioso que cresce de estrofe em estrofe, que vai revoluteando para o céu e que assombra, comprime e ensina à alma a elevar-se, deixando nela um sentimento de eternidade na consciência no momento em que o derradeiro verso se completa. Alguém vem estudando faz tempo a grande ideia do infinito, e então tudo se cala dentro da Igreja. Não se diz mais sequer uma palavra: os próprios incrédulos *não sabem dizer o que estão sentindo*. Somente o espírito espanhol poderia ter inventado essas majestades inauditas para a mais indevassável das dores. Quando a suprema cerimônia foi concluída, doze homens vestidos de luto saíram das seis capelas laterais e vieram ouvir ao redor do caixão o canto de esperança que a Igreja faz escutar à alma humana antes de sepultar a forma humana. Depois disso, cada um deles subiu a uma viatura fechada e recoberta por panos negros de luto; Jacquet e *monsieur* Desmarets tomaram a décima terceira; a criadagem seguiu o cortejo a pé. Uma hora depois, os doze desconhecidos estavam reunidos no alto do cemitério conhecido popularmente como Père-Lachaise, formando um círculo ao redor de uma cova a que fora baixado o esquife, diante de uma

---

67. Túmulo ou monumento funerário em memória de alguém cujo corpo não se acha sepultado ali. Mas, neste caso, o corpo de Clémence estava dentro do ataúde. (N.T.)

multidão curiosa que acorrera de todos os pontos daquele grande jardim público. Após breves orações, o padre jogou alguns punhados de terra sobre os despojos da mulher; e os coveiros, depois de pedirem e receberem suas gorjetas, apressaram-se a encher a cova, porque ainda tinham outra com a qual se ocuparem.

E aqui parece acabar o relato desta história; mas talvez ela ficasse incompleta se, depois de termos apresentado este leve esboço da vida parisiense, se, depois de termos seguido suas caprichosas ondulações, esquecêssemos de considerar os efeitos da morte. De fato, morrer em Paris não é a mesma coisa que morrer em qualquer outra capital, e poucas pessoas conhecem a disputa de uma verdadeira dor com as exigências da civilização e a burocracia da administração parisiense. Ademais, talvez *monsieur* Jules e Ferragus XXIII ainda nos interessem o bastante para que os desenlaces de suas vidas não sejam abandonados a uma fria indiferença. Afinal de contas, existe tanta gente que gosta de ficar sabendo de todos os detalhes e que desejaria, como afirmou o mais engenhoso de nossos críticos, saber por que processo químico o óleo brilha na lâmpada de Aladim... Vejamos, pois: Jacquet, um funcionário administrativo, dirigiu-se naturalmente à autoridade competente para lhe pedir permissão para exumar o cadáver de madame Jules a fim de cremá-lo. Foi falar com o comissário-geral da Polícia, sob cuja proteção dormem os mortos. Esse funcionário pediu que lhe fosse dirigida uma petição por escrito. Foi necessário adquirir uma folha de papel timbrado a fim de dar ao luto um formato administrativo. Foi necessário utilizar a linguagem burocrática para expressar os desejos emocionais de um homem atormentado pelo sofrimento e pela culpa, a quem faltavam as palavras para exprimir o que sentia. Foi necessário traduzir friamente os sentimentos em palavras de praxe e ainda escrever na margem o motivo do requerimento:

O requerente
solicita a incineração
do corpo de sua mulher.

Ao ver tal solicitação, o chefe da repartição encarregada de fazer um relatório ao conselheiro de Estado, o sr. comissário-geral da Polícia, foi ler cuidadosamente o teor da petição em que o *motivo* da demanda estava, conforme ele o havia solicitado anteriormente, vazado nos termos oficiais mais claramente possíveis. E então proclamou, cheio de importância:

– Mas esta é uma questão da máxima gravidade! Meu relatório não poderá ficar pronto antes de, no mínimo, oito dias!...

Jules, a quem Jacquet foi forçado a comunicar a demora imprevista, compreendeu então o que ouvira Ferragus dizer: queimar Paris inteira... Nesse momento, nada parecia mais natural que aniquilar esse receptáculo de monstruosidades.

– Mas então – disse ele a Jacquet – temos de falar com o ministro do Interior,[68] ou então, pedir ao seu próprio ministro que fale com ele...

Jacquet apresentou-se fielmente no Ministério do Interior e solicitou uma audiência, que obteve, porém marcada para daí a quinze dias. Jacquet era um homem persistente. Seguiu então de escritório em escritório, de repartição em repartição, até conseguir entrar em contato com o secretário particular do ministro, um resultado que só lhe foi possível porque ele conseguira antes que o secretário particular do ministro de Negócios Estrangeiros

---

68. Identificado como Élie, conde e depois duque Decazes (1780-1860), advogado, juiz e comissário-geral da polícia antes de se tornar ministro do Interior; o ministro do Exterior citado foi identificado como Jean-Joseph-Paul-Augustin, marquês Dessolle (1767-1828). (N.T.)

falasse com ele.⁶⁹ Com a ajuda desses altos protetores, ele obteve uma audiência às escondidas, fora dos horários estabelecidos oficialmente, para a qual se havia prevenido com um bilhete do autocrata dos Negócios Estrangeiros, escrito ao paxá do Interior. Jacquet esperava tomar de assalto o ministro e resolver rapidamente seu negócio. Preparou raciocínios, respostas irretorquíveis, além de vários argumentos iniciados por "em caso de"... Mas não teve sorte. Todo o seu esforço deu em nada.

– Esse assunto não me compete – disse o ministro. – Essa questão concerne ao comissário-geral de Polícia. Aliás, não existe nenhuma lei que dê aos maridos a propriedade dos cadáveres de suas esposas, do mesmo modo que os pais não são donos dos cadáveres de seus filhos. Esse é um assunto muito grave! Além disso, há uma série de considerações de utilidade pública que devem ser examinadas... Os interesses da municipalidade de Paris podem ser afetados. Para concluir, mesmo que a questão dependesse unicamente de mim, eu não poderia tomar uma decisão *hic et nunc*.⁷⁰ Seria necessário que me preparassem primeiro um relatório a respeito.

O *relatório* representa para a administração atual o mesmo que o Limbo para o Catolicismo. Jacquet conhecia muito bem a mania por relatórios, e não era a primeira ocasião em que tinha de sofrer em consequência daquele ridículo burocrático. Ele sabia muito bem que, depois que a administração pública fora invadida pelos *relatórios*, depois da reforma administrativa de 1804, não era mais possível encontrar um ministro que se dispusesse a assumir a responsabilidade por uma opinião ou decidir a mínima coisa, sem que essa opinião, essa decisão houvesse sido peneirada, expurgada e moída pelo pilão dos come-papéis,

---

69. Identificados respectivamente como o barão Trigant de la Tour (1793-1852) e o barão Louis-André Pichon (1771-1850). (N.T.)

70. Aqui e agora. Em latim no original. (N.T.)

escriturários, copistas, amanuenses e outras sublimes inteligências concentradas nas repartições públicas. Jacquet (que era um desses homens dignos de ter sua biografia escrita por Plutarco)[71] reconheceu que se havia enganado na maneira como deveria tratar do assunto. Tornara-se impossível chegar a qualquer resultado por meio dos protocolos legais. A questão era bem mais simples; bastava conseguir o transporte do ataúde de madame Jules para uma das propriedades rurais de Desmarets. Uma vez ali, sob a autoridade complacente de um prefeito de aldeia, seria muito mais fácil atender às exigências da dor de seu amigo. Os procedimentos legais, constitucionais e administrativos não concebem a menor exceção; em seu conjunto, são um monstro infecundo que consome os povos, os interesses particulares e até mesmo os reis; mas os povos não podem compreender senão os princípios que tenham sido escritos com sangue; ora, os prejuízos provocados pela legalidade são sempre pacíficos: servem para desgastar a fibra de uma nação e para nada mais. Jacquet, um homem amante da liberdade, pensou então nos benefícios inegáveis das arbitrariedades, porque os homens somente julgam as leis à luz de suas próprias emoções. Depois, quando Jacquet se encontrou com Jules, foi forçado a mentir a ele, e o infeliz, acometido por uma febre violenta, permaneceu retido no leito durante dois dias. Quanto a Sua Excelência, o sr. ministro do Interior, ele falou, naquela mesma noite, durante um jantar ministerial, sobre a fantasia que concebera um parisiense de cremar sua esposa do mesmo modo como faziam os romanos. Os mais altos círculos de Paris ocuparam-se então, durante uns poucos dias, com a discussão dos ritos funerários dos antigos. Uma vez que as coisas antigas estavam em moda na época, algumas pessoas opinaram que

---

71. Historiador grego (50-125 d.C.), referido frequentemente por Balzac ao indicar que certos personagens reais ou imaginários mereceriam ter suas biografias escritas por ele. (N.T.)

seria bonito restabelecer as piras funerárias, naturalmente só para as grandes personalidades. Essa opinião logo obteve seus detratores e seus defensores. Uns diziam que havia pessoas importantes demais e que a restauração desse costume teria como consequência o encarecimento da lenha e que, no caso de um povo tão volúvel como o francês, sempre se mudando para cá e para lá, seria ridículo ver-se a cada passo um Longchamp de antepassados[72] sendo transportados em suas urnas; pior ainda, as urnas poderiam adquirir algum valor e, assim, logo surgiria a possibilidade de serem levadas a leilão, ainda cheias das cinzas de respeitáveis ancestrais, penhoradas pelos credores, gente habituada a não respeitar nada. Outros respondiam que haveria mais segurança para os avós assim instalados do que no Père-Lachaise, porque, mais cedo ou mais tarde, a municipalidade de Paris seria obrigada a decretar um dia de São Bartolomeu contra os mortos, que estavam invadindo os campos ao redor da cidade e já ameaçavam tomar conta até das terras de Brie. Foi, enfim, uma dessas discussões habituais em Paris, tão fúteis quanto espirituosas, mas que muitas vezes acabam por abrir fendas profundas na sociedade. Para felicidade de Jules, ele permaneceu na ignorância das conversas, das brincadeiras, dos sarcasmos que sua dor motivara em Paris. O comissário-geral de Polícia sentiu-se ofendido porque *monsieur* Jacquet se dirigira ao sr. ministro para evitar a lentidão e a prudência com que exerce sua elevada vigilância. A exumação de madame Desmarets era positivamente uma questão de vigilância sobre a ordem pública. Desse modo, a repartição competente da polícia começou a trabalhar arduamente na redação de uma resposta áspera à petição, porque é suficiente a existência de um requerimento para

---

72. Planície em que se localiza o Bois de Boulogne. A observação refere o fato inegável de que é impossível separar as cinzas do morto daquelas da lenha que foi usada para consumi-lo, portanto as urnas levariam partes consideráveis das árvores do bosque. (N.T.)

que a Administração se sinta afrontada, e, uma vez afrontada, as coisas vão muito longe, são levadas até as últimas consequências. A Administração pode enviar, por exemplo, todas as questões que lhe são propostas ao Conselho de Estado, e eis outra máquina difícil de movimentar. No segundo dia, Jacquet fez seu amigo compreender que seria necessário renunciar a seu projeto; que em uma cidade em que o número de enfeites bordados sobre os panos negros dos esquifes era sujeito a uma tarifa; em que as leis admitiam sete classes de funerais; em que a terra dos mortos era vendida a peso de ouro; em que o luto era tão explorado e escriturado em partidas dobradas; em que até as preces ditas nas igrejas se pagavam tão caro; em que a fábrica[73] intervinha para reclamar o preço de alguns pentagramas ajuntados ao *Dies Irae,* que seriam cantados por filetes de voz, enfim, tudo o que escapasse um mínimo que fosse da rotina administrativa traçada para a regulamentação da dor era simplesmente impossível.

– Essa teria sido – lastimou-se Jules – uma pequena consolação no meio da minha angústia; eu tinha tomado a decisão de ir morrer bem longe daqui e gostaria de ter a urna com as cinzas de Clémence entre meus braços quando fosse depositado na tumba! Simplesmente não fazia ideia de que a burocracia pudesse esticar suas unhas até cravá-las sobre nossos ataúdes...

Depois disso, ele quis ver se havia ao lado de sua esposa um lugar para seu próprio corpo. Então os dois amigos foram até o cemitério. Ao chegarem lá, encontraram, do mesmo jeito que se encontra na porta dos teatros ou na entrada dos museus, da mesma maneira que também aparecem no pátio da estação das diligências que chegam do interior, alguns *ciceroni*[74] que se ofereciam para orientá-los dentro daquele verdadeiro labirinto que era o Père-Lachaise. De

---

73. Conselho paroquial. (N.E.)

74. Em italiano no original. Cicerones, guias turísticos. (N.T.).

fato, já era impossível, tanto a um como ao outro, descobrir sozinhos onde jazia Clémence. Sentiram uma angústia terrível. Foram então consultar o porteiro do cemitério. Os mortos também têm um porteiro, que guarda o portão de entrada... Eles informam que em certas horas os mortos não estão recebendo visitas... Seria necessário afrontar todos os regulamentos da polícia municipal e da federal para obter o direito de vir chorar à noite, no silêncio e na solidão, sobre o túmulo em que jaz um ser amado. Mesmo de dia, era necessário obter um passe de entrada durante o inverno e uma senha diferente para o verão. Está claro que dentre todos os porteiros de Paris, o do Père-Lachaise era o mais feliz. Em primeiro lugar, ele não precisa tocar nenhuma campainha para pedir permissão antes de abrir a porta... Em segundo lugar, ele não tem um cubículo mesquinho à entrada do prédio, recebe uma casa, um estabelecimento que não é exatamente um ministério, ainda que tenha um número imenso de administrados e diversos empregados. Depois, esse administrador dos mortos recebe um belo salário e dispõe de um poder imenso sobre seus locatários, nenhum dos quais tem o direito de se queixar de nada; ele pratica as suas arbitrariedades à vontade. Seu alojamento não é simplesmente uma casa de comércio, tem um jeito mais de escritório, tem uma seção de contabilidade, tem de registrar receitas, despesas e lucros... Esse homem não é nem um leão de chácara, nem um guarda-portão, nem muito menos um simples porteiro; a porta que recebe os novos mortos está sempre escancarada; mais ainda, embora exista uma grande quantidade de monumentos para conservar, ele não é em absoluto um zelador. Na verdade, seu ofício é uma anomalia indefinível, uma autoridade que participa de tudo e ao mesmo tempo não representa nada, uma autoridade colocada por fora de tudo, como a morte de que vive. E no entanto, esse homem excepcional representa a cidade de Paris, esse ser quimérico como o navio a vela que está em seu brasão, uma criatura movida por mil patas, de movimentos desiguais de tal modo que seus empregados são praticamente irremovíveis. Esse guardião do cemitério é, portanto, um porteiro elevado à condição de funcionário público e não sofre os efeitos da demolição do prédio em que trabalha. Mas seu ofício não é uma sinecura: ele não deixa enterrar ninguém sem ver primeiro a autorização da polícia, ele tem de prestar conta de seus mortos a uma autoridade superior, ele indica em que lugar daquele vasto campo de mortos estão os sete palmos de terra onde se pode enfiar um dia tudo quanto se ama, tudo o que se odeia, tanto uma amante como um primo. Sim, porque, ninguém duvida, todos os sentimentos de Paris acabam chegando a seu escritório e nele são devidamente catalogados e administrados. É esse homem que mantém os registros necessários para deitar os mortos: eles se encontram ao mesmo tempo em suas sepulturas e nas pastas de seu fichário. Dele dependem os guardas do cemitério, os jardineiros, os coveiros e seus ajudantes. É uma pessoa bem importante. As pessoas aflitas não têm permissão para vê-lo de imediato, só podem falar-lhe depois de seguirem o protocolo. Na verdade, ele só se apresenta nos casos mais graves: um morto confundido com outro, um defunto assassinado, uma exumação, um morto que ressuscita... O busto do rei atual está sempre em um lugar de honra em sua sala e, provavelmente, ele tem um lugar onde guarda os antigos bustos reais, imperiais e quase-reais, talvez dentro de um armário grande, uma espécie de Père-Lachaise em miniatura, onde são enterradas as revoluções. Enfim, é um homem público, um homem de bons sentimentos, bom pai e bom esposo, epitáfios à parte. Mas tantos sentimentos diversos já passaram diante dele sob a forma de carros fúnebres; já viu tantas lágrimas, verdadeiras e falsas; pior ainda, viu a dor e o luto estampados em tantas faces ou escondidos por baixo de outros tantos rostos, ele já assistiu a seis milhões de dores eternas!... Para ele, a tristeza não é mais que uma lápide de onze linhas de espessura, um metro e vinte de altura e 55 centímetros de comprimento. Quanto às infelicidades dos enlutados, são o maior aborrecimento que encontra em sua função, não almoça nem janta sem receber a chuva do pranto inconsolável. Ele é bom e carinhoso para com todas as outras afeições; pode chorar por qualquer heroizinho de romance, pode lamentar o destino de *monsieur* Germeuil, o personagem do *Auberge des Adrets*, o homem que usava calças da cor de manteiga fresca e que é assassinado na peça por Macaire;[75] mas seu coração se calcificou no lugar em que poderia prantear as mortes verdadeiras. As mortes transformaram-se para ele em outros tantos números; afinal de contas, sua função é justamente a de transformar a morte em um negócio organizado. Todavia ocorrem, talvez três vezes em um século, certas situações em que seu papel se torna sublime e age com sublimidade imediatamente e sem hesitação... é quando ocorre uma epidemia na cidade.

Quando Jacquet o abordou, esse monarca absoluto estava tomado de cólera.

– Eu dei ordens expressas a vocês – gritava ele com os funcionários. – Eu mandei que regassem as flores desde a Rue Masséna até a Place Regnault de Saint-Jean-d'Angély! Vocês fizeram pouco da minha ordem, vocês nem me deram bola! Seu bando de imprestáveis! Se os parentes resolverem vir visitar, logo hoje que o dia está bonito, é de mim que vão reclamar! Vão gritar como se estivessem sendo queimados vivos, vão me fazer escutar horrores e ainda vão sair me caluniando...

– Cavalheiro – disse-lhe Jacquet. – Gostaríamos de saber onde se acha inumado o corpo de madame Jules...

---

75. Personagens da peça popular *Auberge des Adrets*, estreada no L'Ambigu-Comique em 1832, cuja autoria resultou da colaboração entre B. Autier, Saint-Amand e Paulyanthe e cujo sucesso se deveu à atuação do ator Frédéric Lemaître, que transformou o criminoso Macaire em um príncipe do crime. (N.T.)

– Madame Jules *de quê?...* – quis saber ele. – Nestes últimos oito dias, recebemos três madames Jules e... – Então se interrompeu, enquanto olhava para o portão e depois recomeçou: – Ah, está chegando o cortejo funerário do coronel Maulincour, vá um de vocês pedir a autorização... Um belo cortejo, sim, senhor! Chegou logo depois da avó... Há famílias que degringolam como se tivessem feito uma aposta sobre quem vem primeiro... Esses parisienses são fracos, têm sangue ruim...

– Cavalheiro – disse Jacquet, segurando-lhe o braço. – A pessoa que procuramos é madame Jules Desmarets, a esposa do agente de câmbio...

– Ah, sei quem é – respondeu ele, olhando finalmente para Jacquet. – Não foi aquele cortejo fúnebre em que havia treze carros funerários e um único parente dentro de cada um dos doze primeiros...? Foi uma coisa tão engraçada, que nos chamou a atenção...

– Senhor, tenha cuidado. *Monsieur* Jules está comigo e pode escutar o que o senhor está dizendo. O que me falou não é conveniente...

– Perdão, cavalheiro, o senhor tem razão. Desculpe-me, eu pensava que vocês dois fossem só herdeiros...

Depois de consultar um mapa do cemitério, ele retomou a palavra:

– Cavalheiro, madame Jules está na Rue du Marechal Lefèbvre, na quarta aleia, entre *mademoiselle* Raucourt, a atriz da Comédie-Française, e *monsieur* Moreau-Malvin[76], um açougueiro muito rico, para o qual já foi encomendado um mausoléu de mármore branco e acho que, realmente, vai ser um dos mais bonitos de nosso cemitério.

---

76. Françoise-Marie-Antoinette Saucerotte, cujo nome artístico era Mademoiselle Raucourt (1756-1815), foi encarregada em 1805 por Napoleão de organizar uma turnê cultural pelas capitais da Europa com os melhores artistas da Comédia Francesa. O açougueiro Moreau-Malvin também foi um personagem real, e o mausoléu referido ainda existe. (N.T.)

– Cavalheiro – disse Jacquet, interrompendo o monólogo do porteiro. – Essa informação ainda não nos ajudou muito...

– Tem razão – disse o outro, olhando em volta. Percebeu um homem que se aproximava e gritou: – Jean! Conduza estes cavalheiros até a cova onde foi enterrada madame Jules, aquela que era mulher de um agente de câmbio! Você sabe qual é, perto de *mademoiselle* Raucourt, aquele sepulcro que tem um busto em cima...

E os dois amigos puseram-se a caminhar, conduzidos por um dos guardas do cemitério; mas não conseguiram chegar até o caminho que sobe pela ladeira que vai dar na rua de cima do campo santo sem terem escutado mais de vinte propostas de agentes de marmorarias, de fábricas de letras de metal, argolas e outros acessórios e de oficinas de escultura, que se aproximavam deles com a mais melosa e falsa das gentilezas.

– Se o cavalheiro quiser mandar construir *qualquer coisa*, podemos fazer negócio por um preço muito conveniente...

Jacquet foi hábil o bastante para evitar que chegassem aos ouvidos de seu amigo essas palavras que causariam tanto horror a corações ainda sangrando, até que chegaram ao lugar de repouso que buscavam. Ao ver a terra recentemente recolocada sobre a tumba, em que os pedreiros haviam fincado estacas para marcar o lugar dos blocos de cimento necessários ao serralheiro para colocar a grade ao redor do sepulcro, Jules apoiou-se no ombro de Jacquet; depois, erguia a cabeça a intervalos para lançar longos olhares sobre aquele monte de argila sob o qual era forçado a deixar os despojos do ser pelo qual ainda vivia...

– Mas como ela está mal-alojada aí! – protestou.

– Mas não é ela que está aí – respondeu-lhe Jacquet. – Ela está em sua memória. Tudo bem, vamos embora, vamos sair deste horrível cemitério em que os mortos são enfeitados como mulheres para um baile...

– Vamos tirá-la daqui!
– Mas não é possível!...
– Tudo é possível!... – exclamou Jules.
Fez uma pausa e continuou:
– Pois então, sou eu que venho para cá. Ainda há lugar...

Jacquet conseguiu tirá-lo daquele lugar dividido como um tabuleiro de xadrez por grades de bronze, por elegantes compartimentos em que estavam encerrados vários túmulos enfeitados por palmas esculpidas, cheios de inscrições tumulares, lágrimas gravadas, tão frias quanto as pedras que haviam servido às pessoas enlutadas para a perpetuação de seus pesares ou de seus brasões de família. Existem ali centenas de frases inspiradas gravadas em negro, epigramas destinados a afastar os curiosos, *concetti*,[77] adeuses espirituosos, encontros marcados a que somente uma pessoa comparece, biografias pretensiosas, ouropéis, enfeites, lantejoulas. Aqui vemos tirsos,[78] como usavam os gregos, além de pontas de lança; um pouco mais adiante, urnas em estilo egípcio; em alguns pontos, encontram-se até canhões e, por toda parte, os emblemas de mil profissões; misturam-se todos os estilos: mourisco, grego, gótico, frisos e colunas, pinturas e urnas, gênios e templos, carneiras perpétuas já rachadas no meio de roseiras mortas. Que comédia mais infame! É Paris, mais uma vez, com suas ruas, suas tabuletas, suas indústrias, suas mansões; mas contemplada pelo lado errado de uma luneta, vista pela lente redutora, uma Paris microscópica, reduzida às pequenas dimensões das sombras, das larvas, dos mortos, um ramo da espécie humana que não tem mais nada de

---

77. Pensamentos brilhantes, conceitos filosóficos. Em italiano no original. (N.T.)

78. Do grego *thursos*, bastão, vara ou lança de metal. As bacantes usavam tirsos para repelir os rapazes fantasiados de sátiros que se tornassem demasiado insistentes. (N.T.)

grande senão sua vaidade. Olhando por cima dos muros, Jules viu a seus pés, estendida ao longo do grande vale do rio Sena, entre as colinas de Vaugirard e de Meudon, de Belleville e de Montmartre, a verdadeira Paris, envolvida em uma neblina azulada, produzida justamente pela fumaça que se evolava de tantos lugares e que a luz do sol tornava mais diáfana. Com um golpe de vista furtivo, ele abrangeu aquelas quarenta mil casas e falou, mostrando o espaço compreendido entre a coluna da Place Vendôme e a cúpula de ouro dos Invalides:

– Foi lá que ela me foi roubada, pela funesta curiosidade dessa gente que se agita e se apressa tanto, somente para continuar a se apressar e a se agitar...

A quatro léguas dali, às margens do Sena, em uma modesta aldeia assentada na encosta de uma das colinas que fazem parte dessa longa cadeia de montanhas, no meio das quais a grande Paris se agita como uma criança em seu berço, passava-se também outra cena de morte e de luto, mas liberada de todas as pompas parisienses, sem acompanhamento de archotes ou de círios, sem carros fúnebres envoltos em panos negros, sem sequer a presença de padres católicos, uma morte simplesmente. O fato era o seguinte: o corpo de uma jovem viera encalhar de madrugada na margem, entre a lama e os juncos do Sena. Dois tiradores de areia, que iam para o trabalho, perceberam o cadáver quando subiam a seu frágil barquinho:

– Olhe só! Já ganhamos cinquenta francos... – disse um deles.[79]

– É verdade!... – concordou o outro.

E levaram o bote até onde estava a morta.

---

79. Era costume que os operários fossem indenizados pela subprefeitura pelo tempo perdido com salvamentos ou recuperação de corpos; antes dessa prática, era comum que deixassem os mortos entregues a si mesmos, porque perderiam pelo menos o salário de uma manhã ou tarde. (N.T.)

– Mas é uma moça bem bonita – comentou o primeiro.

– Vamos dar parte agora... – ajuntou o segundo.

Desse modo, depois de haverem puxado o cadáver até a margem e colocado sobre ele seus próprios casacos, os dois tiradores de areia foram até a casa do prefeito da aldeia, que ficou bastante aborrecido por ter de abrir um inquérito, conforme a lei exigia naqueles casos.

O rumor do acontecimento expandiu-se com a rapidez telegráfica característica dos países em que as comunicações sociais não sofrem solução de continuidade e nos quais a maledicência, as fofocas e as calúnias e outros tipos de falatório inútil, de que a sociedade tanto se alimenta, não deixam qualquer lacuna de uma fronteira a outra. Mas não demorou muito para que certas pessoas acudissem à pequena subprefeitura rural e livrassem o subprefeito de futuros embaraços. O inquérito acabou se tornando uma simples certidão de óbito. Através de sua intervenção, o corpo da garota foi reconhecido como pertencente a *demoiselle* Ida Gruget, fabricante de corseletes, residente da Rue de la Corderie-du-Temple, número 14. A polícia civil de Paris interveio, a viúva Gruget, mãe da defunta, foi convocada e chegou, trazendo consigo a última carta de sua filha. Por entre os gemidos da mãe, um legista constatou asfixia por invasão de sangue negro no sistema pulmonar e tudo foi concluído. Completado o inquérito, recolhidas as informações pertinentes, as autoridades responsáveis permitiram a inumação da costureirinha naquela mesma tarde, às seis horas. O cura local, por ser um suicídio, recusou-se a recebê-la na igreja e até mesmo a rezar por ela. Ida Gruget foi então amortalhada em um pano de linho grosseiro por uma velha camponesa e colocada dentro de um caixão de pinho barato, levada ao cemitério por quatro homens, acompanhada por algumas camponesas curiosas, que comentavam essa morte com uma surpresa temperada por comiseração. A viúva Gruget foi caridosamente levada para a casa de uma velha senhora, que a impediu de se unir ao triste cortejo fúnebre de sua filha. Um homem que executava três tarefas associadas, sineiro, sacristão e coveiro da paróquia, já havia aberto uma cova no cemitério da aldeia, um cemitério pequenino, situado por trás da igreja; aliás, uma igreja de um tipo bem-conhecido, de linhas clássicas, ostentando uma torre quadrada de teto pontiagudo recoberto por telhas de ardósia, sustentada exteriormente por esses contrafortes angulosos que distribuem o peso dos telhados. Por trás do semicírculo onde se localizava o coro, ficava o cemitério, cercado por uma mureta arruinada, um campo santo de montículos, sem lápides de mármore, nem tampouco visitantes; todavia, sobre cada sepultura protegida por valados haviam sido derramados os prantos e as lástimas sinceras que faltaram a Ida Gruget. Ela foi sepultada em um canto afastado, entre espinheiros e moitas de ervas daninhas. Quando o caixão de pobre foi descido à cova aberta do campo santo tão poético por sua simplicidade, o coveiro já estava só e a noite caía. Enquanto enchia a cova, ele descansava a intervalos e ficava olhando para o caminho estreito que ficava além do muro. Ali estava ele, com a mão apoiada no cabo de seu galvião, uma enxada quadrada, contemplando o Sena, que lhe trouxera aquele cadáver.

– Pobre garota!... – exclamou um homem, que chegara repentinamente por trás dele.

– Puxa, o senhor me assustou, cavalheiro! – disse o coveiro.

– Houve um ofício de encomendação da alma dessa menina que o senhor está enterrando?

– Não, patrão. O senhor cura não quis fazer... Sabe que esta é a primeira pessoa que foi enterrada aqui, sem ser da paróquia? Esse pessoal que está aí embaixo, essa gente toda se conhece... Será que o senhor...? Ué, já foi embora!

Passaram-se alguns dias e um homem vestido de negro se apresentou diante da casa de *monsieur* Jules e, sem querer falar com ele, foi até o quarto de sua mulher e lá colocou uma grande urna de pórfiro, sobre cuja superfície haviam sido inscritas as seguintes palavras em latim.

INVITA LEGE
CONJUGI MOERENTI
FILIOLAE CINERES
RESTITUIT
AMICIS XII JUVANTIBUS
MORIBUNDUS PATER[80]

– Que homem!... – murmurou Jules, afundando-se em novo jorro de lágrimas.

Bastaram oito dias para que o corretor obedecesse a todos os desejos de sua esposa e colocasse seus negócios em ordem; vendeu seu escritório ao irmão de Martin Falleix[81] e partiu da cidade enquanto a Administração de Paris ainda discutia se era lícito ou não a um cidadão particular decidir o destino que deveria ser dado ao cadáver de sua esposa.

---

80. Em desafio à lei, um pai às portas da morte restitui ao marido inconsolável as cinzas de sua filhinha, com a ajuda de doze amigos que o acompanham desde sua juventude." Em latim no original. (N.T.)

81. Jacques Falleix, agente de câmbio, irmão de Martin Falleix, dono de uma fundição; ambos personagens fictícios balzaquianos. (N.T.)

Capítulo V

Conclusão

Quem não terá encontrado nos belos bairros de Paris, ao dobrar uma esquina ou sob as arcadas do Palais-Royal ou em qualquer outro lugar da cidade em que o acaso decidiu apresentar-lhe, um ser, homem ou mulher, cujo aspecto faz nascer mil pensamentos confusos em seu espírito!? Sua visão desperta subitamente nosso interesse ou pelos traços fisionômicos, cuja conformação bizarra anuncia uma vida agitada, ou pelo conjunto curioso que apresentam seus gestos, sua aparência, sua maneira de andar, suas roupas ou então por algum olhar profundo ou qualquer outro não-sei-quê que nos captura fortemente a imaginação de repente, sem que consigamos explicar com precisão nem a nós mesmos a causa ou o nome dessa estranha emoção. Depois, no dia seguinte, outros pensamentos e outras imagens parisienses carregam consigo esse sonho passageiro... Mas se encontrarmos novamente esse mesmo personagem, seja passando sempre no mesmo horário, como um funcionário da Prefeitura que a ele pertence por um casamento de oito horas por dia, seja vagueando pelas calçadas ou jardins, como essa gente que parece o mobiliário adquirido pelas ruas de Paris e que se encontra em qualquer praça, parque ou outro lugar público, em suas estreias de peças de teatro ou nos restaurantes, de que constituem o mais belo e mais frequente ornamento, pois então essa criatura se imiscui definitivamente em nossas recordações e aí permanece como o primeiro volume de um romance cujo final não pudemos comprar. Claro que nos sentimos tentados a interrogar esses desconhecidos e dizer: "Quem é você? Por que está passando por aqui? Que direito tem de usar esse colarinho plissado, essa bengala de castão de marfim ou esse colete engomado? Por que usa esses óculos azuis de lente dupla, ou por que razão usa essa gravata elegante de um janota?". Entre essas criaturas errantes, umas pertencem à raça dos deuses Termos:[82] não comunicam nada às almas com quem se encontram: *simplesmente estão ali,* indiferentes a tudo; por que se apresentam, ninguém pode dizer; usam esses rostos semelhantes aos que servem de modelo aos escultores para representar as quatro estações, o comércio ou a abundância. Outros foram antigamente procuradores, negociantes aposentados ou generais reformados, e lá vão eles, caminhando sempre e parecendo estar sempre imóveis. São como essas árvores que a gente encontra meio desarraigadas à beira de um rio que transbordou durante a última tempestade: não parecem fazer parte nunca da larga torrente humana de Paris, nem de sua multidão jovem e ativa. É impossível saber se já morreram e esqueceram de sepultá-los ou se eles foram enterrados e, de algum modo, conseguiram escapar de seus ataúdes; é quase como se fossem fósseis. Pois um desses Melmoths[83] parisienses vinha há vários dias misturar-se com aquela gente prudente e sossegada que, sempre que o tempo está bom, vem povoar infalivelmente o espaço demarcado pela grade sul do Palais du Luxembourg e o gradil norte do Observatório Astronômico, esse espaço sem gênero, esse

---

82. Termo era o deus latino protetor dos limites das propriedades rurais. Inicialmente era representado apenas por uma pedra retangular erguida onde acabava a propriedade, o marco, ou término. Depois foi identificado com Hermes ou Mercúrio e o marco passou a ter a cabeça desse deus, às vezes com braços, mas nunca com pernas, porque jamais deveria deixar aquele lugar. Era adorado pelos agricultores que celebravam as *terminae* uma vez por ano. (N.T.)

83. Personagem-título de um romance de Charles Robert Maturin (1782-1824), escritor irlandês, pastor anglicano e dramaturgo. (N.T.)

espaço neutro no seio de Paris. Com efeito, nesse lugar limitado, não existe mais Paris; e entretanto, Paris ainda está ali. Esse lugar é a um só tempo uma praça, uma rua, um bairro, uma fortificação, um jardim, uma avenida, uma estrada, uma província e a própria capital: ali se encontra tudo e tudo é representado; mas ao mesmo tempo, não há nada ali: é só um deserto. Ao redor desse lugar sem nome se elevam os Enfants-Trouvés,[84] La Bourbe,[85] o hospital Cochin, les Capucins,[86] o hospício la Rochefoucauld, les Sourds-Muets[87] e o hospital do Val-de-Grâce; em uma palavra, todos os vícios e todas as infelicidades de Paris encontram asilo nesse quarteirão; e, para que nada faltasse a esse recinto filantrópico, a Ciência também se apresentou aí, para estudar as marés e as longitudes; *monsieur* de Chateaubriand[88] construiu aí a enfermaria Marie-Thérèse e, finalmente, até as carmelitas fundaram nessa zona seu convento. As grandes situações da vida são representadas pelos relógios que batem as horas incessantemente nesse lugar deserto, pela mãe que se hospitaliza para o parto e pela criança que nasce, pelo vício que sucumbe e pelo operário que morre, pela virgem que reza e pelo velho que sente frio e até mesmo pelo gênio que engana a si mesmo. Um pouco mais além, a dois passos dali, está o cemitério de Montparnasse, que atrai de hora em hora os pobres cortejos funerários do Faubourg Saint-Marceau. Esta esplanada, de onde se pode avistar Paris inteira, foi conquistada por jogadores de bocha, velhas cabeças grisalhas, cheias de bonomia, essa gente corajosa que continua a saga de nossos

---

84. Abrigo para crianças abandonadas. (N.T.)
85. Maternidade localizada no antigo convento de Port-Royal. O nome significa "lodo". (N.T.)
86. O convento franciscano dos "capuchinhos". (N.T.)
87. Abrigo dos surdos-mudos. (N.T.)
88. François-René, visconde de Chateaubriand (1768-1848), escritor e estadista, um dos criadores do romantismo francês. (N.T.)

antepassados e cujas fisionomias só podem ser comparadas às de sua plateia, aquela galeria ambulante que os cerca e os acompanha. O homem que poucos dias antes se tornara o novo habitante do bairro deserto assistia assiduamente às partidas de bocha e podia, muito certamente, ser a criatura mais marcante desses grupos de basbaques que, se fosse permitido classificar os parisienses dentro das diferentes classes da zoologia, pertenceriam ao gênero dos moluscos. Esse recém-chegado movia-se em sincronia com o *cochonnet*, o "porquinho", aquela bola menor que se joga primeiro e serve de ponto de mira e que é o centro do interesse no jogo de bocha. Ele se apoiava contra o tronco de uma árvore perto do lugar em que a bolinha parava. Depois, com a mesma atenção que um cachorro dirige aos gestos de seu dono, ficava olhando as bolas maiores, voando pelo ar ou rolando pela terra. Era como se fosse o gênio protetor da bolinha. Nunca dizia nada e os jogadores, os homens mais fanáticos entre todos os fanáticos que se possam encontrar, mais fanáticos que quaisquer sectários da religião mais intransigente, nunca o haviam interrogado para saber os motivos que o levavam a esse silêncio obstinado, se bem que alguns dentre eles achassem que era um pobre surdo-mudo saído do hospital que ficava ali perto. Nas ocasiões em que se tornava necessário determinar as diferentes distâncias entre as bochas e o *cochonnet*, ele oferecia a bengala e, a partir de então, a bengala do desconhecido tornou-se a medida infalível; nem esperavam mais que a oferecesse, os jogadores se aproximavam, sem dizer palavra, tomavam-na das mãos geladas do velhote, não lhe dirigiam uma só frase, sequer faziam um gesto de amizade. O empréstimo temporário de sua bengala era uma espécie de servidão à qual ele consentira tacitamente. Quando se derramava um aguaceiro súbito, ele ficava perto da bolinha, escravo das bochas, guardião da intocabilidade da partida começada. A chuva não o incomodava mais que o bom tempo; ele era, como os eternos jogadores, uma espécie intermediária entre os parisienses dotados da menor inteligência e os animais que a possuem em grau maior. Além disso, pálido e murcho, sem o menor cuidado por si mesmo, distraído como quem pensa em algo distante, ele chegava frequentemente com a cabeça nua, mostrando os cabelos grisalhos quase brancos, a calva enrugada, a pele amarelada sobre o crânio, descarnada, lembrando um joelho que espia através da calça de um mendigo. Andava vacilante e curvado, o olhar vazio, como se não houvesse ideias por detrás dele, os passos incertos, como se cada pé tivesse de apoiar o outro ao andar; não sorria nunca, jamais erguia o rosto para o céu, mantinha habitualmente os olhos cravados no chão, onde parecia estar sempre procurando alguma coisa. Às quatro horas, aparecia uma velha, que vinha buscá-lo para ir não se sabe aonde, segurando-o pelo braço e levando-o quase a reboque, como uma garotinha puxa um bode caprichoso que ainda quer pastar mais um pouco, embora já seja hora de voltar ao estábulo para passar a noite em segurança. Falando francamente, a retirada diária do velhote era uma coisa horrível de ver.

À tarde, Jules, sozinho em uma caleça[89] de viagem conduzida rapidamente pela Rue de l'Est, desembocou na esplanada do Observatório justo no momento em que o velho, apoiado contra uma árvore, como de costume, deixava que lhe tomassem a bengala no meio das vociferações de alguns jogadores pacificamente irritados uns contra os outros. Jules, acreditando reconhecer aquela figura, já ia mandar parar o veículo, quando o carro estacionou precisamente em frente a ela. De fato, o postilhão estava apertado por duas charretes e achou melhor não pedir passagem àquele bando mal-humorado de jogadores de

---

89. Carruagem fechada de quatro rodas, própria para viagem, com dois bancos acolchoados, um de frente para o outro, para até oito passageiros, puxada por uma parelha de cavalos. (N.T.)

bocha. O cocheiro respeitava muito qualquer arruaça que encontrasse.

– Mas é ele!... – murmurou Jules de si para si, reconhecendo finalmente naquele destroço humano Ferragus XXIII, o chefe dos Devoradores. – Como ele a amava!... – sussurrou após uma pausa. A seguir, gritou uma ordem: – Ande logo, cocheiro!

Paris, fevereiro de 1833.

Documentos

Nota publicada em *La Revue de Paris* como apêndice a *Ferragus*

Esta aventura, na qual aparecem várias fisionomias parisienses, e em cujo relato as digressões eram, de certa forma, o assunto de maior importância para o autor, mostra a fria e poderosa figura do único personagem, na grande sociedade dos Treze, que sucumbiu sob o jugo da Justiça, em meio ao duelo que estes homens travavam secretamente à confraria.

Se o autor conseguiu pintar algumas das faces de Paris, percorrendo a cidade em sua altura e comprimento; indo do Faubourg Saint-Germain ao Marais; da rua ao quarto particular; da mansão à mansarda; da prostituta àquela figura de uma mulher que havia colocado seu amor no casamento; do movimento da vida ao repouso da morte, talvez ele tenha a coragem de prosseguir nesta empresa e de terminá-la, dando-nos duas outras histórias em que as aventuras de dois novos Treze serão trazidas à luz.

A segunda terá por título: *Ne touchez pas à la Hache* [Não se ceifa com machado] e a terceira será *La Femme aux yeux rouges* [A mulher dos olhos vermelhos].

Estes três episódios da *Histoire des Treize* [História dos Treze] são os únicos que o autor pode publicar. Quanto aos demais dramas desta história tão fértil em dramas, podem ser contados entre as onze horas e a meia-noite; mas é impossível escrevê-los.

Abril de 1833.

Funerais de Balzac

[Homenagem pronunciada durante as exéquias
de Honoré de Balzac]

21 de abril de 1850

Cavalheiros:

O homem que acaba de descer a esta tumba era um daqueles a quem a dor pública acompanha seu cortejo fúnebre. Nos tempos por que passamos, todas as ficções se desvanecem. Doravante, os olhos não se fixam mais sobre as cabeças reinantes, mas sobre as cabeças que pensam, e o país inteiro sofre um abalo quando uma dessas cabeças desaparece. Hoje, o luto popular é provocado pela morte de um homem de talento; o luto nacional é a morte de um homem de gênio.

Cavalheiros, o nome de Balzac se incluirá no rastro luminoso que nossa época irá deixar para o futuro. *Monsieur* de Balzac fazia parte dessa pujante geração de escritores do século XIX que surgiu depois de Napoleão, do mesmo modo que a ilustre plêiade do século XVII depois de Richelieu, tal como se, no desenvolvimento da civilização, houvesse uma lei que faça suceder os que dominaram através do gládio por aqueles que dominam pelo espírito.

Monsieur de Balzac era um dos primeiros entre os maiores e um dos mais altos entre os melhores. Este não é o lugar de dizer tudo o que era essa esplêndida e soberana inteligência. Todos os seus livros formam apenas um só livro, o livro vivo, luminoso, profundo, em que se vê ir e vir, andar e mover-se, com um não-sei-quê de assustador e terrível misturado ao real, toda a nossa civilização contemporânea; um livro maravilhoso que o poeta intitulou "comédia", mas que poderia ter denominado "história";

que assume todas as formas e todos os estilos; que ultrapassa o picante e vai até Suetônio; que atravessa Beaumarchais e chega até Rabelais; um livro que é a observação e a imaginação; que prodigaliza o verdadeiro, o íntimo, o burguês, o trivial e o material; e que, por momentos, através de todas as realidades bruscamente e amplamente dilaceradas, deixa de repente entrever o ideal mais sombrio e mais trágico.

Contra sua vontade, quer ele quisesse ou não, quer consentisse ou não, o autor desta obra estranha e imensa tem o rosto vigoroso dos escritores revolucionários. Balzac vai direto ao fim. Ele enfrenta corpo a corpo a sociedade moderna. Ele arranca a todos alguma coisa: de alguns tira uma ilusão; de outros, a esperança; arranca destes um grito e àqueles uma máscara. Ele revira os vícios, disseca as paixões, esvazia e sonda o interior dos homens, sua alma, seu coração, suas entranhas e seu cérebro, o abismo que cada um de nós traz dentro de si mesmo. E, por um dom de sua livre e vigorosa inteligência, por esse privilégio das inteligências de nosso tempo que, tendo visto de perto as revoluções, percebem melhor o fim da humanidade e compreendem melhor a Providência, Balzac se destaca, sorridente e sereno, desses estudos temíveis que nos produziram a melancolia de Molière e a misantropia de Rousseau.

Vejam o que ele fez entre nós. Eis a obra que nos deixa; a obra elevada e sólida, robusto amontoado de lápides de granito: um monumento! A obra do alto da qual resplandecerá doravante sua celebridade. Os grandes homens constroem seus próprios pedestais; o futuro encarrega-se de erguer-lhes as estátuas.

Sua morte encheu Paris de estupor.

Há apenas alguns meses, ele retornara à França. Sentindo que a morte se aproximava, quis rever a pátria, como na véspera de uma grande viagem vamos abraçar nossa irmã. Sua vida foi curta, mas plena, mais cheia de obras que de dias. Ai de nós! Este trabalhador pujante, que nunca se fatigava, este filósofo, este pensador, este poeta, este gênio, viveu entre nós esta vida de borrascas, de lutas, de disputas, de combates, em todos os tempos o destino comum de todos os grandes homens. Hoje, aqui se encontra ele, em paz. Ele sai das contestações e dos ódios. No mesmo dia, ele entra na glória e no túmulo. Ele vai reluzir daqui para a frente, acima de todas estas nuvens escuras que se acumulam sobre nossas cabeças, entre as estrelas da pátria!

Todos vocês que estão aqui, não se sentem tentados a invejá-lo? Cavalheiros, qualquer que seja nossa dor em presença de tal perda, devemos sempre resignar-nos a tais catástrofes. Aceitá-las naquilo que elas têm de mais pungente e severo. É bom talvez, quem sabe é necessário, em uma época como a nossa, que de tempos em tempos uma grande morte comunique aos espíritos devorados pela dúvida e pelo ceticismo uma comoção religiosa. A Providência sabe o que faz, no momento em que coloca o povo assim, face a face com o mistério supremo e quando o faz meditar sobre a morte, que é a grande igualdade e que é também a grande liberdade.

A Providência sabe o que faz, pois este é o mais elevado de todos os ensinamentos. Aqui não podem existir senão os pensamentos mais austeros e mais sérios em todos os corações, quando um sublime espírito faz majestosamente sua entrada na outra vida, quando um desses seres que planaram por longo tempo acima das multidões com as asas visíveis do gênio, desfraldando de repente estas outras asas que não se viam, mergulha bruscamente no desconhecido.

Não, não é o desconhecido!... Não, eu já disse em outra ocasião dolorosa e não me cansarei de repeti-lo!... Não, não é a noite, é a luz! Não é o fim, é o começo! Não é o nada, é a eternidade! Todos vocês que me escutam, não é verdade? São justamente esses féretros que nos demonstram a imortalidade; é na presença de certos mortos ilustres que sentimos mais distintamente os destinos divinos dessas inteligências que atravessam a terra para sofrer e para se purificar e que o homem para e pensa e então diz a si mesmo que é impossível que aqueles que foram gênios durante a vida não se transformem em almas depois da morte!

Victor Hugo

Cronologia

1799 – 20 de maio: nasce em Tours, no interior da França, Honoré de Balzac, segundo filho de Bernard-François Balzac (antes, Balssa) e Anne-Charlotte-Laure Sallambier (outros filhos seguirão: Laure, 1800, Laurence, 1802, e Henri-François, 1807).

1807 – Aluno interno no Colégio dos Oratorianos, em Vendôme, onde ficará seis anos.

1813-1816 – Estudos primários e secundários em Paris e Tours.

1816 – Começa a trabalhar como auxiliar de tabelião e matricula-se na Faculdade de Direito.

1819 – É reprovado num dos exames de bacharel. Decide tornar-se escritor. Nessa época, é muito influenciado pelo escritor escocês Walter Scott (1771-1832).

1822 – Publicação dos cinco primeiros romances de Balzac, sob os pseudônimos de lorde R'Hoone e Horace de Saint-Aubin. Início da relação com madame de Berny (1777-1836).

1823 – Colaboração jornalística com vários jornais, o que dura até 1833.

1825 – Lança-se como editor. Torna-se amante da duquesa d'Abrantès (1784-1838).

1826 – Por meio de empréstimos, compra uma gráfica.

1827 – Conhece o escritor Victor Hugo. Entra como sócio em uma fundição de tipos gráficos.

1828 – Vende sua parte na gráfica e na fundição.

1829 – Publicação do primeiro texto assinado com seu nome, *Le Dernier Chouan* ou *La Bretagne en 1800* (posteriormente *Os Chouans*), de "Honoré de Balzac", e de *A fisiologia do casamento*, de autoria de "um jovem solteiro".

1830 – *La Mode* publica *El Verdugo*, de "H. de Balzac". Demais obras em periódicos: *Estudo de mulher*, *O elixir da longa vida*, *Sarrasine* etc. Em livro: *Cenas da vida privada*, com contos.

1831 – *A pele de onagro* e *Contos filosóficos* o consagram como romancista da moda. Início do relacionamento com a marquesa de Castries (1796-1861). *Os proscritos*, *A obra-prima desconhecida*, *Mestre Cornélius* etc.

1832 – Recebe uma carta assinada por "A Estrangeira", na verdade Ève Hanska. Em periódicos: *Madame Firmiani*, *A mulher abandonada*. Em livro: *Contos jocosos*.

1833 – Ligação secreta com Maria du Fresnay (1809-1892). Encontra madame Hanska pela primeira vez. Em periódicos: *Ferragus*, início de *A duquesa de Langeais*, *Teoria do caminhar*, *O médico de campanha*. Em livro: *Louis Lambert*. Publicação dos primeiros volumes (*Eugénie Grandet* e *O ilustre Gaudissart*) de *Études des moeurs au XIXème siècle*, que é dividido em "Cenas da vida privada", "Cenas da vida de província", "Cenas da vida parisiense": a pedra fundamental da futura *A comédia humana*.

1834 – Consciente da unidade da sua obra, pensa em dividi-la em três partes: *Estudos de costumes*, *Estudos filosóficos* e *Estudos analíticos*. Passa a utilizar sistematicamente os mesmos personagens em vários romances. Em livro: *História dos treze* (menos o final de *A menina dos olhos de ouro*), *A busca do absoluto*, *A mulher de trinta anos*; primeiro volume de *Estudos filosóficos*.

1835 – Encontra madame Hanska em Viena. Folhetim: *O pai Goriot*, *O lírio do vale* (início). Em livro: *O pai Goriot*, quarto volume de *Cenas da vida parisiense* (com o final de *A menina dos olhos de ouro*). Compra o jornal *La Chronique de Paris*.

1836 – Inicia um relacionamento amoroso com "Louise", cuja identidade é desconhecida. Publica, em seu próprio jornal, *A missa do ateu*, *A interdição* etc. *La Chronique de Paris* entra em falência. Pela primeira vez na França um romance (*A solteirona*, de Balzac) é publicado em folhetins diários, no *La presse*. Em livro: *O lírio do vale*.

1837 – Últimos volumes de *Études des moeurs au XIXème siècle* (contendo o início de *As ilusões perdidas*), *Estudos filosóficos*, *Facino Cane*, *César Birotteau* etc.

1838 – Morre a duquesa de Abrantès. Folhetim: *O gabinete das antiguidades*. Em livro: *A casa de Nucingen*, início de *Esplendor e miséria das cortesãs*.

1839 – Retira candidatura à Academia em favor de Victor Hugo, que não é eleito. Em folhetim: *Uma filha de Eva*, *O cura da aldeia*, *Beatriz* etc. Em livro: *Tratado dos excitantes modernos*.

1840 – Completa-se a publicação de *Estudos filosóficos*, com *Os proscritos*, *Massimilla Doni* e *Seráfita*. Encontra o nome *A comédia humana* para sua obra.

1841 – Acordo com os editores Furne, Hetzel, Dubochet e Paulin para publicação de suas obras completas sob o título *A comédia humana* (17 tomos, publicados de 1842 a 1848, mais um póstumo, em 1855). Em folhetim: *Um caso tenebroso*, *Ursule Mirouët*, *Memórias de duas jovens esposas*, *A falsa amante*.

1842 – Folhetim: *Albert Savarus*, *Uma estreia na vida* etc. Saem os primeiros volumes de *A comédia humana*, com textos inteiramente revistos.

1843 – Encontra madame Hanska em São Petersburgo. Em folhetim: *Honorine* e a parte final de *Ilusões perdidas*.

1844 – Folhetim: *Modeste Mignon*, *Os camponeses* etc. Faz um *Catálogo das obras que conterá A comédia humana* (ao ser publicado, em 1845, prevê 137 obras, das quais 50 por fazer).

1845 – Viaja com madame Hanska pela Europa. Em folhetim: a segunda parte de *Pequenas misérias da vida conjugal*, *O homem de negócios*. Em livro: *Outro estudo de mulher* etc.

1846 – Em folhetim: terceira parte de *Esplendor e miséria das cortesãs*, *A prima Bette*. O editor Furne publica os últimos volumes de *A comédia humana*.

1847 – Separa-se da sua governanta, Louise de Brugnol, por exigência de madame Hanska. Em testamento, lega a madame Hanska todos seus bens e o manuscrito de *A comédia humana* (os exemplares da edição Furne corrigidos à mão por ele próprio). Simultaneamente em romance-folhetim: *O primo Pons*, *O deputado de Arcis*.

1848 – Em Paris, assiste à revolução e à proclamação da Segunda República. Napoleão III é presidente. Primeiros sintomas de doença cardíaca. É publicado *Os parentes pobres*, o 17º volume de *A comédia humana*.

1850 – 14 de março: casa-se com madame Hanska. Os problemas de saúde se agravam. O casal volta a Paris. Diagnosticada uma peritonite. Morre a 18 de agosto. O caixão é carregado da igreja Saint-Philippe-du-Roule ao cemitério Père-Lachaise pelos escritores Victor Hugo e Alexandre Dumas, pelo crítico Sainte-Beuve e pelo ministro do Interior. Hugo pronuncia o elogio fúnebre.

UMA SÉRIE COM MUITA HISTÓRIA PRA CONTAR

Alexandre, o Grande, Pierre Briant | **Budismo**, Claude B. Levenson | **Cabala**, Roland Goetschel | **Capitalismo**, Claude Jessua | **Cérebro**, Michael O'Shea | **China moderna**, Rana Mitter | **Cleópatra**, Christian-Georges Schwentzel | **A crise de 1929**, Bernard Gazier | **Cruzadas**, Cécile Morrisson | **Dinossauros**, David Norman | **Economia: 100 palavras-chave**, Jean-Paul Betbèze | **Egito Antigo**, Sophie Desplancques | **Escrita chinesa**, Viviane Alleton | **Existencialismo**, Jacques Colette | **Geração Beat**, Claudio Willer | **Guerra da Secessão**, Farid Ameur | **História da medicina**, William Bynum | **Império Romano,** Patrick Le Roux | **Impressionismo**, Dominique Lobstein | **Islã**, Paul Balta | **Jesus**, Charles Perrot | **John M. Keynes**, Bernard Gazier | **Kant**, Roger Scruton | **Lincoln**, Allen C. Guelzo | **Maquiavel**, Quentin Skinner | **Marxismo**, Henri Lefebvre | **Mitologia grega**, Pierre Grimal | **Nietzsche**, Jean Granier | **Paris: uma história**, Yvan Combeau | **Primeira Guerra Mundial**, Michael Howard | **Revolução Francesa**, Frédéric Bluche, Stéphane Rials e Jean Tulard | **Santos Dumont**, Alcy Cheuiche | **Sigmund Freud**, Edson Sousa e Paulo Endo | **Sócrates**, Cristopher Taylor | **Tragédias gregas**, Pascal Thiercy | **Vinho**, Jean-François Gautier

L&PMPOCKET**ENCYCLOPAEDIA**
Conhecimento na medida certa

IMPRESSÃO:

Santa Maria - RS - Fone/Fax: (55) 3220.4500
www.pallotti.com.br